カフカふかふか

とっておきの名場面集

カフカ研究会
下薗りさ
木田綾子 編著

白水社

はじめに

——カフカふかふか

タイトルはふざけているように聞こえますが、これはフランツ・カフカの魅力を中高生から大人まで、もっと広く知ってもらいたいとの思いで、カフカ研究会が大真面目に作った本です。

こだわったのは一点。日記や手紙などではなく、未完であっても小説など作品からの引用であること。どの作品の、どの場面を引用するかは各自の判断。この文章が面白い！　ここは読んでほしい！　という、研究者それぞれのとっておきの場面と、それをどう読んだのかが自由に書かれています。それにプラスして、作品の方向性を決定づけるかもしれない最初の一文と、作品がどんな終わり方をしているのか、それとも終わらないままなのか、最後の一文も入れてみました。

カフカふかふかフカフカカフカ。たどりつけない言葉の迷宮、カフカの世界へ、フカフカうかうかしないで、ぜひ足を踏み入れてみてください。

編著者

カフカふかふか——とっておきの名場面集　もくじ

デザイン　三木俊一（文京図案室）

i
こんなはじまり、あんなはじまり

冒頭の一文に引き込まれる

I

ある朝、グレゴール・ザムザは不安な夢から目覚めると、自分がベッドの上で巨大な〇〇に変身しているのに気づいた。

『変身』

いきなり空欄補充のクイズみたいですみません。でもこの〇〇の箇所、ドイツ語ではUngezieferとなっていますが、日本語でピタッとくる訳語もなく、翻訳者も頭を悩ませてきたのです。辞書によると、Ungezieferはシラミ、南京虫、ダニ、ねずみのような寄生的な害虫ないし害獣を意味します。シラミとねずみはかなりイメージが違いますよね。これまでの訳語を見ると、それぞれイメージが少し違っていて、「虫」、「毒虫」、「虫けら」、はては「ウンゲツィーファー（生贄にできないほど汚れた動物或いは虫）」といった、訳というよりもドイツ語の発音と語源の併記まで出てくる始末です。カフカ自身は、イメージの固定をよほど嫌がったらしく、本の表紙に変身したザムザのイラストだけは描かないでくれ、と編集者に頼んでいます。物語を読みながら読者が自分でザムザのイメージを作り上げてほしい、カフカはそう考えていたようです。ですから、いっそのこと、○○ならイメージが膨らんでよいかも？と思った次第です。

訳語の成否はともかく、カフカは物語の冒頭で、読者が「？」と感じながら、イメージを膨らませやすい言葉を使って主人公を表現したと言えます。グレゴールはどのような生き物に変身したのか、変身したことによってグレゴール自身が、そしてグレゴールの身の回りがどう変わるのかを、ほとんどグレゴールの視点で描いているのが『変身』です。

ただし変身と言っても、グレゴールの妹グレーテがやがてそうなるように、華やかで美しい女性に変身するのではありません。そうではなく、グレゴールは家族が空間を共有したくないような異様な存在、これまでと同じ日常生活ができないような異質な存在に変身するのです。ですから、家族やこれまでの生活から切り離されるグレゴールの苦しさや憂いももちろん描かれています。しかし同時に、ときに鬱陶しく感じられる人間関係や憂鬱な日常生活からの解放感もユーモラスに描かれています。

グレゴールほどではないにしても、誰しも人生の中で小さな変身を経験すると思います。ある日突然病気になったり、事故にあったり。もしかしたら、周囲と共有できない趣味や世界観や生き方に目覚めたりすることも、変身と呼べるかもしれません。いずれにせよ、変身というものは意図的であろうとなかろうと、誰かと一緒にするものではなく、一人でするこの方が多い気がします。『変身』は、そんな変身した孤独な読者にも語りかけてくる物語です。

2

我々は新しい弁護士ブケファロス博士を迎えた。

『新しい弁護士』

弁護士ときけば、通常は誰もが人間の弁護士を思い浮かべるでしょう。ですが、この作品の弁護士ブケファロスは、違います。先に引用した文章は、次のように続きます。「その外見には、彼がまだマケドニアのアレクサンドロスの軍馬だった時代を思い出させるものはほとんどない」。マケドニアのアレクサンドロスの軍馬が、ブケファロスの前歴です。

つまり、この弁護士は馬（元馬？）なのです。

アレクサンドロスもブケファロスも、どちらも実在していました。歴史的な事実や伝説を、少し振り返ってみましょう。アレクサンドロスは、アレキサンダー大王という呼び名のほうが知られているかもしれませんね。マケドニア王フィリッポス二世の息子であり、ヘレニズム時代の礎を築き上げた人物です。東方遠征を行い、東西の文化を融合させた大帝国を樹立しました。ギリシア神話で描かれる半神半人の英雄の血を、父母の両方から受け継いだといわれており、神をも自称しました。まさしく伝説的な英雄です。

そのアレクサンドロスを背に乗せて、数々の戦場を共に戦ったのが、軍馬のブケファロスでした。大英雄が愛した軍馬ですから、当然ブケファロスも並みの馬ではありません。アレクサンドロスの偉業の数々を、フィクションを交えて語る古い伝説群「アレクサンドロス・ロマンス」にも、ブケファロスは登場します。そこでは、牛のような大きな角を生やした、手のつけようのない人食い馬として描かれます。人食い馬というか、ブケファロスの檻の中に食い散らかされた人間の残骸が大量に散乱していたとあるので、人間が主食と言ったほうがいいかもしれません。ちなみにブケファロスという名前は、「牡牛の頭」という意味です。諸説ありますが、一説では腰にあった牛の頭の模様に由来するそうです。

こんなにもとんでもないブケファロスが、なぜ弁護士になったのでしょう。その理由は物語の中ではっきりと説明されません。ただ、以下のように語られます。「今日の社会秩序において、ブケファロスは困難な状況にある。〔中略〕今日——これは誰も否定できないのだが――偉大なるアレクサンドロスはいない」。

アレクサンドロスは死んでしまったのか、もしくは失踪してしまったのか。ただ、「アレクサンドロスはいない」時代の「今日」が、本作品のテーマのひとつです。そんな「今日」の中で、ブケファロスは次の乗り手を探すでもなく、新しく見つけた生き方が、弁護士になって人間に交じって法律書を読みふけるというものでした。英雄の軍馬としての華々しさに比べると、なんだか少し物寂しいような気もしますね。ですが、作中で語り手は、ブケファロスの選択は「本当に最上のことかもしれない」と推察しています。

作品内の「今日」が、正確にいつの時代を指しているのかは不明ですが、少なくとも神話や伝説で語られる古代の時代ではなさそうです。伝説や英雄なんて、しょせん虚構の中だけのお話で、ヒーローなんて待っても来ないし、ましてや、自分がそれになろうなんて無理。そんな時代が作中の「今日」であると考えられます。大人しく、地に足の着いた生き方を選ぶのがベストというのは、現代にも通じているかもしれません。そういわれてみると、ブケファロスの選択はちょっと寂しいけれども、確かに「最上」の選択肢のひとつである気がしてきます。

3

高貴なるアカデミー会員の皆様！　私が猿であった時代の生活についてアカデミーに報告をせよとのお達し、光栄に存じます。

『あるアカデミーへの報告』

人間の言葉を話す猿？　朝起きたらヤバイものに変身していた話を読んだら、猿が人間に変身する話が出てきても驚かない、という声が聞こえてきそうです。はい、この物語もある意味で変身物語です。ただし、単なる変身物語ではなく、猿の来歴について話すよう学術協会に呼ばれるという点で、かなり風変わりです。猿の講演に耳を傾けてみましょうか。
語り手の猿は、アフリカの西部の黄金海岸付近で、ハンブルクのハーゲンベック動物商会の狩猟探検隊に狙撃され捕獲されたチンパンジーです。頬の「赤い（rot）」傷痕からロートペーター（Rotpeter）と名づけられました。輸送中の船内で人間の真似をしたことがきっかけで、動物園ではなく、ヴァリエテ（多種目演芸場）への道が開けます。ついには言葉を覚え、努力の結果、「ヨーロッパ人の平均的教養」を身につけた現在は、「文明化した世界のあらゆる偉大なヴァリエテの舞台」で活躍する芸人として大人気です。

動物と人間の境界はしばしば文学のモチーフになってきましたが、この物語はユダヤ人のための雑誌に掲載されたことから、ユダヤ人の物語として読まれることがあります。そのような解釈を最初にしたのは、カフカの親友でユダヤ人のマックス・ブロートでした。「ヨーロッパ人の平均的教養」を身につけたロートペーターは、自らの出世の理由として出自や若き日の記憶に固執しなかったことを挙げ、「我執の断念こそ、私が自らに課した至上の戒律でした」と述べています。ユダヤ独自の文化を捨ててヨーロッパ文化に同化したユダヤ人を「同化ユダヤ人」と呼びますが、ブロートによると、この物語は「同化ユダヤ人」を風刺した物語というわけです。カフカ自身は同化ユダヤ人二世でした。

このように読み進めていくと、カフカが自らを含めた同化ユダヤ人をどのように見ていたのかが理解できるかもしれません。しかし、この物語はそれだけにとどまらない魅力をもっているように思えます。人類の進歩や人間の成長について考えさせるような何かと言いますか。「この地上を歩めば、誰でも踵がむずむずします。その点で小さなチンパンジーも大きなアキレスも変わりません」と、ロートペーターは独特な表現を使って自らの来歴の普遍性をほのめかしています。

誰しも成長の過程で捨ててきたり、乗り越えてきたりした自分があるでしょう。当時は自由であったけれど、それはひょっとすると今や「黒歴史」と呼びたくなるような恥ずかしい自分かもしれません。そして乗り越えたかつての自分を嘲笑したり、耐え難く思ったりするかもしれません。ロートペーターもそうで、人間化していないメスのチンパンジーを笑います。そのくせに夜にはそのメスとともに安らぎを取り戻すのです。

なお、この物語に出てくるハーゲンベックは、動物園で檻に入れない動物展示方法を始めた、実在のドイツ人実業家カール・ハーゲンベックのことです。カフカは、ほとんど知られることのない捕獲された動物が動物園に至るまでの様子だけでなく、捕獲された動物が生き延びる別の可能性について想像をめぐらしながら、様々な解釈ができる物語を作り出しました。

猿でもわかる、いや、猿だからこそわかる物語を、ぜひ読んでみてください。

4

ポセイドンは自分の仕事机に座り、計算をしていた。

『ポセイドン』

ポセイドンって聞いたことがありますか？　ギリシア神話に出てくる海の神です。オリュンポス山には十二人の神々が住んでいるとして、ギリシア人たちは彼らにまつわる様々な神話を創作しました。その一人であるポセイドンは、天をつかさどるゼウス、冥界を治めるハデスとの三人の兄弟の末弟として登場します。絵画などでは、彼は筋骨隆々、海馬という空想上の怪物の曳くチャリオット（戦車のような乗り物）を操り、右手にトライデントと呼ばれる巨大な三叉の矛を掲げるといった、とても勇ましい姿で描かれます。みなさんも一度は見たことがあるかもしれません。

さて、カフカの『ポセイドン』という短編についてです。物語の主役はタイトルの通り、ポセイドンです。荒れ狂った白波をチャリオットで叩き割り、海原を自在に駆け巡る！　そんな格好いいポセイドンが出てくるのかとワクワクします。が、カフカのポセイドンは、まったく違うのです。

先の引用から物語は始まります。ポセイドンと計算とは、ちぐはぐな組み合わせです。そんな描写は、当然ギリシア神話では描かれません。チャリオットやトライデントはどこへいってしまったのでしょうか。そんなものは人々の空想だと、物語内で語られます。「トライデントを携えて、巨大な潮を潜り抜けてチャリオットを御す」なんてものは人間の勝手なイメージで、本当はずっと海の底に座ったまま、ひたすら計算するのが自分の仕事なのだと、ポセイドンは愚痴をこぼします。わたしたちが想像する偉大な海の神の様子とは、ずいぶんとかけ離れていますね。

あまりにも忙しい彼は、「海をほとんど見たことがなく、ただオリュンポスにあわてて登っていく際に一瞥することがあるだけで、実際に海を潜り抜けて疾走したことなど一度もなかった」と語られます。もはや海の神というよりも、むしろ、経理に忙殺されるサラリーマンのように思えます。

では、その「計算」という仕事は、ポセイドンにしかできないようなよほどの意味がある重要な仕事なのかといえば、そうでもないようです。「ただそれが自分に課されていたから」という理由だけで、ポセイドンはデスクワークに明け暮れています。さらには、「彼は仕事を楽しんでいたとはとてもいえない」とも語られます。

そんなポセイドンが待ち望むのは、「世界の没落」です。その間際には大急ぎで、ちょっとした小旅行に出かけられるような、気晴らしの時間が持てるかもしれないと、少しワクワクしているのです。やりがいを見つけられない仕事を、なんとか定年まで続けて、定年後は少しゆとりの時間が持てるかもしれないと期待する人間のようで、このポセイドンに共感してしまうのは、わたしだけでしょうか。

神だってサラリーマンに落ちぶれてしまう時代です。そんな時代なら、『変身』のザムザというサラリーマンが虫になってしまうのも、なんだかわかるような気がしてくるような、世知辛さのある作品です。

5

不十分な、子どもっぽいとさえ言える手段でも、救いに役立つこともあるという証明――。

『セイレーンたちの沈黙』

この作品も『ポセイドン』と同じく神話・伝説の語り直しです。元ネタは、古代ギリシアの叙事詩、ホメロスの『オデュッセイア』です。タイトルにもあるセイレーンは、上半身は女性、下半身は鳥あるいは魚の姿をしていて、男たちを誘惑する海の魔物です。そう、アンデルセンの『人魚姫』に出てくる人魚もセイレーンです。さて、ホメロスのセイレーンは、オデュッセウスが自ら語る冒険譚の中に登場します。賢いオデュッセウスは、数々の苦難を頭脳で乗り切ってきました。その苦難の一つがセイレーンから逃れることです。オデュッセウスはキルケ（ギリシア神話の魔法に優れた女神）に忠告されます。セイレーンの歌声には人を惑わす魔力があるため、部下たちには耳栓をさせ、もしも自分だけ歌声を聞きたいときは、帆柱に体を縛り付けさせるようにと。オデュッセウスは忠告通りにし、歌声に魅了されながらも難を逃れます。

カフカのオデュッセウスは、元ネタと少し違います。どこが違うのかというと、オデュッセウスは帆柱に体を縛り付けさせるだけでなく、部下とともに自らの耳にも蝋をつめるのです。念には念を入れるということでしょうか。この二重の用心深さによってオデュッセウスは難を逃れました。という終わり方ではありません。首尾よくやったというオデュッセウスのドヤ顔を曇らせる事態がありました。なんと、セイレーンたちは歌っていなかったというのです。だとすると耳栓の意味がありませんし、ましてや帆柱に縛られてもいるオデュッセウスの姿は失笑ものです。これがセイレーンたちの作戦なのでしょうか。沈黙は思い上がる男たちに肘鉄を食らわせる、歌声よりも恐ろしい武器でした。

歌わないセイレーンの姿はどのようなものだったのでしょうか。上半身裸の女性が濡れた瞳でちょっと口を開いたり、閉じたりして呼吸しているところを想像すると、セクシーですよね。歌声よりもよほど直接的な刺激と思われますが、作戦の成功にのみ関心のあるオデュッセウスの視線は、遠くを見据えています。聞こえはしないが、歌っているんだろうなぁ、でも大丈夫、耳栓しているから！とでも無邪気に思っていたのかもしれません。そのときオデュッセウスにとって、彼女たちは無に等しい存在でした。こうして沈黙のセイレーンたちは、オデュッセウスに無視されちゃったのです。

耳栓をして帆柱に縛られているオデュッセウスvs歌わないセイレーンたち。『オデュッセイア』で語られているように、彼はセイレーンたちの魔力から逃れたことに変わりはないのですが、カフカのオデュッセウスはちょっと間抜けな感じです。要するに、オデュッセウスは賢いから難を逃れたのではなく、子どもっぽい手段を過信するあまり、結果的に救いとなったというわけです。

「オデュッセウスがセイレーンたちに打ち勝った」という筋書きだけで、こんな話もありそうだと思わされることに驚きますね。確かに、セイレーンが登場するオリジナルの箇所は、オデュッセウス自身によって語られるので、作品内の「事実」がどうなのかをあれこれ考えてみるのはアリでしょう。

そして最後にもう一つ、別の言い伝えが提示されて、この作品は終わります。それはまた、これまでの解釈を覆す内容だったりもするのです。

6

掟の前に門番が立っていた。そこに田舎の男がやってきて、「掟の中へ入れてほしい」と懇願したが、門番は答えた。「今はだめだ」

『掟の前』

では、後ならいいのか、と思いますよね。田舎の男も同じことを聞きますが、門番は「まだだめだ」と言うばかりです。『掟の前』は、門は開いているのに、まだ入ってはいけないと言われ続ける、もどかしい物語です。

門番は「そんなに入りたければ、入ってみるがいい」と挑発することもあります。ただし、この先にはその手強そうな門番より強い第二の門番が、その先にはさらに強い第三の門番が見張っている、と言われれば躊躇してしまいますよね。田舎の男はとりあえず待つことにします。何かに挑戦する時、その挑戦によって変化が起きそうな時には、この男と同じような気持ちになりませんか。挑戦したら今より悪いことが起きそうだから今はやめとこう、なんとなく気が進まないから今は待ってみよう、と。こんな時、「いつ入るか？今でしょ」と言って大胆に行動できるポジティブ人間はごくわずかだと思います。

さて、田舎の男はいつまで待ったでしょうか。門番の機嫌をとったり、入る機会を窺ったりしながら、なんと死ぬまで待ってしまったのです。死の間際に「どうして他の誰も中に入れてくれと言って来なかったのか」と男が質問すると、門番は意外な答えを返します。「この門はお前のためだけにあったからさ」。そう言って門番は門を閉め、この短い物語は終わります。

この物語は短編集『田舎医者』に収められていますが、元々は長編小説『訴訟（審判）』の一部として書かれました。そこではTäuschungの物語として紹介されています。ドイツ語のTäuschungには「騙すこと」と「勘違いすること」という二つの意味がありますが、はたして門番が騙したのか、それとも田舎の男が勘違いをしただけなのか、小説に答えはありません。

7

わたしは巣穴をこしらえた。[…]その巣穴といったら、この地上で実現しうる限りの安全さで守られている。

『巣穴』

この物語の主人公は、自分の造った棲み家を「巣穴」と呼んでいるように、地中に生息するアナグマのような獣です。この獣が、人生を費やして築き上げた自分の巣を誇る場面からこの物語は始まります。入念に練られた数々の仕掛けを備えた巣穴はまさに「この地上で実現しうる限りの安全」を獣に与えてくれるはずでした。しかし、この誇らしげな冒頭とは裏腹に、獣の不安は払拭されません。

獣自身が巣穴に入っていると、当然巣の外を見張ることはできません。外敵が侵入してくるのではないかという不安を完全に振り払うことができずに、獣は悩みます。巣穴の守りの堅さを確信したくても、巣穴の外部の世界が見えない以上、安全の確認のしようはありません。こうして獣は、自分が巣穴の外に出て、巣の出入口を見張るという法外な策を打ちます。隠された出入口を見張りながら、その中で安全に過ごしている自分を想像して、実際には身を危険に晒しながら獣は悦に浸るのです。

巣穴の外にいる敵に襲われることを恐れていたはずなのに、外に出て出入口を観察するという行為は、命を守りたいという欲求よりも、巣穴の安全性を確認したいという欲求の方が高いことを示します。巣穴の安全性に執着するあまり、巣の内部で安心して生活するという目的が失われてしまい、巣が安全であるかどうかを命がけで確認し続けることが獣の目的となってしまうのです。

理想的で完璧とも思えるような巣を所有したという思いが、目的の逆転の一因であると解釈できるかもしれません。獣は外敵に襲われて自分が死ぬことよりも、外敵の侵入によって巣穴の安全性に対する自負が自己欺瞞であると暴露されること、またそれによって理想の巣を所有しているという幻想が破壊されてしまうことの方を強く恐れているとも考えられます。

所有してしまったことから生まれる不安は、その対象を手放すことでしか解消することができないのかもしれません。物語後半では、シュッと鳴る不可思議な音に悩んだ挙句、敵の呼吸音ではないかと疑って、獣は巣穴を掘り返していきます。あれほど愛していた巣穴を、獣自身が崩壊させていくのです。結局最後までこのシュッという音の出どころは不明のまま、おそらくは獣自身の鼻息だと解釈することもできるのですが、荒れ果てた巣に獣を残して物語は未完で中断されます。

巣の完璧さを証明する術がなくて恐ろしいのなら、むしろ完璧ではないことを自分自身で暴いてしまいたい、それによって不完全な巣穴に住んでいるのではないかという疑念が真実であることをつきとめて、いっそ巣と共に滅びてしまいたい。そういった獣の内部に隠れた願望が、シュッという音から聞こえてくるかのような物語です。確かめようがないことに対する不安の比喩として、巣穴は描かれていると読むことができます。

8

過去数十年の間に断食芸人たちへの興味はかなり廃れてしまった。

『断食芸人』

断食芸人とは、聞きなれない職業ですね。カフカの作った架空の職業かと思いきや、そうではありません。断食芸とはその昔、二十世紀の初めのころまで、ヨーロッパやアメリカで実際に人気のあった見世物のことです。断食芸人たちは何日にもわたって絶食する姿を人々に見せることを生業としました。タイトルの通り、この物語の主人公はひとりの断食芸人です。

カフカの作品には、華々しかった時代はとっくに過ぎ去ってしまったという設定の物語がいくつかあるのですが、この『断食芸人』もそのひとつです。断食芸人はいわば、時代遅れの芸人なのです。そんな境遇でも、主人公の断食芸人は自身の芸にプライドをもって、それを貫こうとします。

断食芸は、断食芸人にとっては単なる芸ではありません。彼は、「あまりにも狂信的に断食を信奉していた」のです。その姿は作中で、「彼は殉教者だった」とも表現されるほどです。断食芸人にとって断食芸は、いわば崇高なものであり、命を懸けるにふさわしいような、いわゆる芸術として読むことができます。しかし、そのような断食芸人の執念とは裏腹に、観衆たちは断食芸に対して冷たく無関心になっていきます。

断食芸人を、苦行に打ち込む孤独な芸術家として読む解釈は一般的です。同時期に出版された、『歌姫ヨゼフィーネあるいはねずみ族』と並べて、芸術家について書かれた芸術家小説として取り上げられることもあります。『歌姫ヨゼフィーネあるいはねずみ族』も、ねずみたちから「歌」が失われた時代に、唯一歌うことができると言い張る自称歌姫のヨゼフィーネが、聴衆たちの無理解に遭遇します。『断食芸人』での、世間の無理解と芸術家が対立する構図と似ています。

カフカは作家ですので、世間から理解されない孤独な断食芸人に自分を重ねて書いた部分もあるでしょう。しかし、かといって理解のない一般人を悪く描いているかといえば、そうとも断言しがたいように思われます。作中で、断食芸は一度始まると、芸の終わりまで四十日程度かかるといわれます。長すぎです。そんな芸に飽きるのは、さすがに当然です。断食芸人の情熱なんて、観衆には知ったこっちゃないのです。

また、ヨゼフィーネの場合も同様です。そもそも作中で、ねずみたちは「歌」と普通の鳴き声を区別できないと説明されます。そんな聴衆たちに理解を求めるヨゼフィーネの方が、どうかしているともいえます。これらの二作品には、世間の関心より自分の理想を優先する芸術家のエゴイズムと、そのエゴイズムを受け入れない、ある意味まっとうな感性の人々の対置を読むこともできるのです。

まっとうな感性という表現が、世俗性というネガティヴな言葉と繋がりうるのかという点は置いておきましょう。断食芸に興味を失った観衆たちが次に熱中するのは、「動物たち」の展示コーナーです。人間の芸の多くは訓練が必要です。その積み重ねには、情熱ややる気といった精神的なものが不可欠です。ですが、単に檻に入れられているだけの動物の展示には、そういった精神的なものはありません。ただ、目で見て楽しい。深みがないのが、逆に人気の理由なのかもしれません。

理解するのに解釈が必要だったり、時間がかかったりするようなものがウケない時代の到来を、カフカはこの作品で書いているのかもしれません。分かりやすくて面白いものがあふれているのに、精神性を問うような難しい活動に励むことは、もはや断食芸人のように、時代遅れの変人扱いされてしまうのかも。そんな変人はまっとうな感性の人々に取り残されてしまうことを、芸術家の孤独とともにカフカは皮肉的に描いているようにも感じられます。

9

『歌姫ヨゼフィーネあるいはねずみ族』

我々の歌姫はヨゼフィーネという。

先ほどは似ていると書きましたが、『断食芸人』と『歌姫ヨゼフィーネあるいはねずみ族』には違いもあります。『歌姫ヨゼフィーネあるいはねずみ族』は、主人公ヨゼフィーネに対する語り手の大絶賛から始まるのです。「あの歌を聞いたことがない者は、歌の力というものをわかっていない」とまで言われます。時代遅れになって見向きもされなくなった断食芸人とは対照的です。ところが、だんだん雲行きが怪しくなっていきます。あれは本当に歌なのか？と疑われ始めるのです。しかもどうやら語り手はヨゼフィーネの歌を歌と認めない、ヨゼフィーネ反対派。最初の一文は嘘だったのでしょうか。

ヨゼフィーネの歌に対する語り手の考察は少々複雑です。そこには種族ならではの事情もあります。実はタイトルにあるように、ヨゼフィーネもその聴衆もそして語り手も、みんなねずみなのです。ねずみが何を意味しているのかは、後ほど第四章で説明しましょう。ねずみなので、歌も普段のおしゃべりの声も同じ「ちゅうちゅう」です。それゆえに語り手は、ヨゼフィーネの歌はただの鳴き声、それどころか普通の鳴き声にも劣るとこき下ろします。ところが一方で、そんな鳴き声で人を集めることができるなら、それは十分に芸なのではないかとも考えているのです。そうかと思えば、いやあれは歌のはずがないとまた否定する。否定が否定され、さらにまた否定される。この作品は最初から最後までこの調子で進んでいきます。

ヨゼフィーネの方はどうかというと、彼女は周囲の対応に不満を抱いています。彼女の主張によると、聴衆は誰も彼女の芸術を真に理解はしていません。ねずみたちが音楽を楽しむことはないからです。まさに『断食芸人』と同様の、芸術家と無理解な聴衆との対立がここには描かれています。ところが、『断食芸人』と大きく異なるのは、聴衆のねずみたちは彼らなりにヨゼフィーネを認めているという点です。語り手をはじめとするヨゼフィーネ反対派のねずみたちですら、ヨゼフィーネの歌の魅力にあらがえません。ではなぜ対立が起こっているのか。一族による理解や賛美が、彼女が望むものとは異なっている、ただその一点が原因なのです。一族にとってヨゼフィーネの歌が特別なのは、歌を聴くことで集団の一体感が得られるからです。ところが、ヨゼフィーネが求めるのは特別なひとりとして扱われること。歌そのものが特別で、その歌を歌うヨゼフィーネも特別だと称賛してほしいのです。なのでヨゼフィーネは一族による称賛を受け入れることができません。

この作品ではヨゼフィーネと同じくねずみの一族も重要なテーマとなっています。もともとは『歌姫ヨゼフィーネ』という短いタイトルだったのを、カフカは出版前の校正で書きかえました。彼は新しいタイトルを「天秤」と呼び表しています。「あるいは」が天秤の支点で、片方にはヨゼフィーネが、もう片方にはねずみ族が乗り、その状態で釣り合いが取れているというわけです。本来であればねずみ族というひとつの集団とその一員ですから、釣り合いなんかとれるわけがありません。ですがヨゼフィーネは特別な存在、つまり芸術家です。それもちょっと特殊な芸術家です。この作品では芸術家と集団のもうひとつの関係が模索されているように思います。断食芸人が周囲と相いれない特別な個としての芸術家ならば、ヨゼフィーネは集団の芸術家です。だからこそヨゼフィーネは「我々の歌姫」なのです。

10

いかにわたしの生活は変化したことか、だが根本においてはいかに変化していないことか！

『ある犬の研究』

不思議な始まり方ですね。変化したのか、していないのか。これは一匹の犬が、人生（犬だから犬生⁉）をかけた研究成果を独白する物語です。したがって、ここで「わたし」といっているのは、犬です。研究といっても、そのテーマは多岐にわたります。

はじめ主人公は、音楽に合わせて踊ったり、空中に浮いたり！している犬たちについて頭を悩ませます。それから、自分たち犬に食べ物を恵んでくれる大地は、そもそもどこからその食べ物を得ているのかなど、実に不思議な事柄に関する研究が延々と語られ始めるのです。それらの答えが気になりますよね。

ですが、最初に「研究成果」と書きましたが、実は答えのような「成果」は特に出ないのです。ただ、長年の研究生活を経た犬が、自分の考えたことやありのままの経験について、ひたすら語ります。とはいえ、語ると言ってもそれもまた、冒頭の引用のように、あることを断言しては即座に打ち消すという形で、なにやら雲をつかむようなカフカらしい表現が連続するのが特徴です。

答えの出ない研究に、どうして犬は取り憑かれてしまったのでしょうか。そのきっかけは、「ちょっとした破れ目」だったと犬は語ります。「破れ目」といっても、それは目に見えるなにかの裂け目ではありません。また、犬は仲間犬との生活に、「なにかがしっくりしない」という感情を抱いていました。顔見知りの親しい犬に対しても同様で、まるで初めて会ったような気がして絶望的な気分になることがあると言います。これらの感覚が、先の「破れ目」の比喩につながると言えるでしょう。これは言い換えれば、日常の中のちょっとした違和感に通じるものがあるのかもしれません。

あまりにも当たり前すぎて、誰も改めてその根本的な理由や意味を問わないような物事はあるかと思います。しかし、この犬はこの「当たり前」に対して違和感を抱いて、自分を取り巻く世界の「当たり前」の答えを解くことに全力を注ぎます。「当たり前」がそうではなくなる不思議な旅に、主人公の犬と一緒に出ているような気分にさせてくれる作品です。

11

十七歳のカール・ロスマンは、女中に誘惑されて子どもができてしまったので、貧しい両親の手でアメリカに追いやられてしまった。

『失踪者』

カフカは三つの長編小説『失踪者』『訴訟』『城』を遺していますが、いずれも未完に終わっています。そのうち最も古い『失踪者』は、以前『アメリカ』のタイトルで知られていました。その名のとおりアメリカを舞台とした小説です。アメリカといえば、アメリカン・ドリームですよね。この物語の舞台となっていると思われる十九世紀には、多くの人々が夢を追い求めてヨーロッパからアメリカへ渡りました。アメリカとは新しい国、誰もが平等にチャンスを得られる可能性の国だったのです。しかもディケンズの『デイヴィッド・コパフィールド』（孤児の主人公が苦労しつつも最後には成功する物語）から影響を受けているとなると、思い浮かべるのはやっぱり移民の少年が成り上がっていくサクセスストーリーでしょう。

さて、もう少し詳しく最初の一文を見ていきましょう。まず、主人公の名前はカール・ロスマン。十七歳なのですが、女中との間に子どもができてしまいます。しかもカールは被害者なのに、養育費の支払いをしぶったらしい両親によってアメリカに追放されてしまいます。波瀾万丈です。そんなカールがアメリカに到着した場面から物語は始まります。いえ、正確に言うと到着する直前、彼の乗った移民船がニューヨーク港に入ったところからです。

つまり彼は今、ヨーロッパとアメリカ、古い世界と新しい世界のはざまにいます。場所だけでなく、カール自身も子どもと大人のはざまにいます。学生だったとはいえ、十七歳であれば、自分で働いて子を養うという道もあったはずです。ですが、カールは両親に言われるがままに故郷を離れます。父親であるはずなのに、少年という枠から出ようとしないのです。実はカールの年齢は数回書き直されています。下は十五歳で上は十七歳ですから、そこまで大きな違いではないかもしれませんが、少年と大人との間という設定にカフカが苦慮したことがうかがえます。

のっけからヨーロッパでの女中とのスキャンダルをバラされてしまうカールですが、アメリカ上陸後はただの移民の少年として扱われます。アメリカでは、これまでにしてきたことはすべて忘れられ、第二の人生を始められると説明されるとおりに、彼が父親であるということはすっかり忘れ去られてしまうのです。さてこれから先、カールはアメリカン・ドリームを手にすることができるのでしょうか？

12

誰かがヨーゼフ・Kを中傷したに違いない、何も悪いことをした覚えがないのに、ある朝Kは逮捕されたからだ。

『訴訟』

ヨーゼフ・Kは逮捕された、何も悪いことをした覚えがないのに。まさに推理ドラマを思わせる始まりです。エリート銀行員のヨーゼフ・Kは濡れ衣を着せられたのでしょうか。逮捕されてもなぜか自由の身のこの主人公は様々な人物に会い、冤罪を晴らそうとしているようです。しかし、たいした進展もありません。

逮捕状がなかったり、集合住宅の一室で審理が行われたり、屋根裏部屋に裁判所事務所があったり、この小説の裁判所は普通の裁判所とは違うようです。この裁判所は人々の中に罪を探すのではなく、罪に引き寄せられるとされます。被告は来ても去っても構わないとも言われます。群衆の中でも見つけられるほど被告は美しい、というような謎発言も満載です。結局、自らの罪を知ることなく、ヨーゼフ・Kは一年後に役人と思われる人物に殺されます。

数百ページも費やして進展もなく、いきなり主人公が殺されて終わるなんて、たいていは一話、長くてもせいぜい数話で謎が解ける推理ドラマシリーズや少年探偵のマンガに慣れた読者には耐え難い展開でしょう。カフカは伏線や謎解きを書き忘れたのでしょうか。それともこの小説には小説の出来事とは全く別の意味があるのでしょうか。カフカの死後百年の間、諸説ありの状態が続いているので、この謎解きは容易ではなさそうです。

13

Kが到着したのは夜遅くであった。

『城』

最後の長編小説である『城』は、『失踪者』と同じく到着の場面から始まります。主人公の名前はK。『失踪者』のカール・ロスマンと比べると、すっかりシンプルな名前になってしまいました。最初の一文も実にシンプルです。夜遅くにKという人物がどこかに到着したことしか語られません。

もう少しだけ先を読んでみましょう。「村は深い雪にうずもれていた。城山はなにひとつ見えず、霧と闇に包まれており、大きな城があることを示すほんのかすかな光さえなかった。長いあいだKは、街道から村へと通じる木の橋の上に立ち、見たところ何もない空間を見上げていた」。ここまでが小説の第一段落です。舞台は雪深い村。真っ暗で今は何も見えないけれども、どうやらこの村にはお城があるようです。なんだかちょっと不気味な出だしですよね。霧と闇に包まれたお城なんて、まるで怪奇小説の舞台のようです。実際、ブラム・ストーカーの『吸血鬼ドラキュラ』（一八九七）などのゴシック小説や、F・W・ムルナウのサイレント映画『吸血鬼ノスフェラトゥ』（一九二二）との類似性を指摘する研究者もいます。

でもカフカの『城』は、吸血鬼退治のお話ではありません。城にいるのは、書類づくりに精を出す役人たち。引き籠って一切姿を見せない役人もいれば、ときどき村におりてくる役人もいます。村人たちはみな、城の言うことは絶対だと信じて疑いません。城にいるのは吸血鬼や怪物ではありませんが、この村で城が大きな力を持っていることだけは確かなようです。このお城、どういうわけかKにはどうやってもたどり着くことができません。遠くに城の建物らしきものは見えるのに、道がそこには続いていないのです。

よそ者のKは、「測量士」を名乗ってこの村に住みつこうとします。測量士とは、土地の位置、形、面積なんかを計測する職業のことです。Kは自分が伯爵から招かれた測量士だと言い、城からの電話でそれは一応認められるのですが、Kに測量の仕事が与えられるわけではありません。そんなKがこの村で行うのは、村人たちと対話すること。ひとクセもふたクセもある村人たちに翻弄されながら、城にたどり着くこと、城にいる役人にたどり着くことを求めて右往左往します。

もう一度、第一段落最後の文を見てみましょう。Kが立っているのは、街道と村とをつなぐ「橋の上」。厳密にいうと、Kはまだ村には足を踏み入れていません。村と外の世界との境目ともいえる「橋の上」。この立ち位置がすでに、よそ者としてやって来たKの不安定な存在を表していますね。そして見上げているのは、「見たところ何もない空間」（原文を直訳すると、「見せかけの空所」）。今は目には何も見えないけれども、そこには何かがあるかもしれないことを暗示するような表現です。小説全体をぎゅっと凝縮したような、秀逸な冒頭ですよね。

村人たちはKに、城や城の役人についてのいろいろなうわさ話をします。Kが村人たちの話を聞いて情報を集めることは、「空所」に見える場所に、城のイメージを積み重ねていく作業といえるでしょう。Kにはいわゆる測量士の仕事はないけれども、村人たちとの対話が、城との距離を測る行為（＝測量）になっているのかもしれませんね。ひとクセもふたクセもある村人たちの話に耳を傾けながら、Kと一緒に右往左往してみてください。

ii

こんなキャラ、あんなキャラ

作品の登場人物たちに翻弄される

I 赤の女王様ブルネルダ

ああ、ちくしょう、彼女は美しかったんだよ。これぞオンナってもんだ！

『失踪者』

カフカの小説を読んでいると、ときおり強烈な印象の女性に出会います。『失踪者』のブルネルダもそのひとりでしょう。ホテルをクビになり、ロビンソンとドラマルシュに連れてこられたアパートの上層階の一室でカールの前に現れるのが、赤いドレスがめくれて膝まであらわになった様子でソファに横たわるブルネルダです。彼女は太っていてヒステリックな我儘女ですが、不思議と魅力的です。というのも、ブルネルダに関する情報やエピソードのほとんどが、今や彼女の下僕となったロビンソンによって語られるのですが、その彼の語るブルネルダが美しくも高慢で男が従わずにはいられない魔性の女のごとくであるからなのです。引用もロビンソンのセリフです。ロビンソンはブルネルダとの出会いを語るなかで、こんな女は他にない！と大絶賛しています。手放しで女性を美しいとは書かないカフカにおいて、何とも印象的ではないでしょうか。

でも、何よりブルネルダが魅力的に映るのは、カフカ作品のなかで彼女が唯一男性の権力に縛られていない人物として登場するからなのでしょう。彼女は離婚している歌手で金持ちです。カフカの女性登場人物の特徴のひとつとして「男性の持つ権力との繋がり」があげられますが、つまりそれは彼女たちが常に男性たちの下に置かれていることを意味します。それに対し、ブルネルダは経済的に自立しており、彼女自身が権力を持って女王様のごとくドラマルシュとロビンソンを従えているのです。

ところで、カフカはブルネルダひとりを例外にするつもりはないらしく、彼女の権力も剥ぎ取る予定だったようです。『失踪者』は未完ですが、「ブルネルダの出発」という短い断片にブルネルダのその後が描かれています。灰色の毛布を頭から被った彼女はカールの押す手押車で娼館らしき建物へと運び込まれてゆくのです。もはやドラマルシュもロビンソンもおらず、女王様の影もありません。

2

ヒロインに水搔きがある⁉

なんてかわいいかぎ爪なんだ！

『訴訟』

『訴訟』でヨーゼフ・Kに関わる若い女性は三人いますが、Kと少なからず恋愛関係になるのは看護師レーニでしょう。レーニは弁護士の愛人であり、裁判に関することに通じているらしい人物として登場します。一般にカフカの女性登場人物の特徴としてあげられるのが、助力者、権力との繋がり、そして下級階層で何やらいかがわしく娼婦性を備えていることなどです。こうした女性像は二十世紀初頭の時代背景、つまりユダヤ人の家父長制における女性の状況や、カフカの実生活で身近だったチェコ人女中の存在が反映されているとも、また当時の女性蔑視的言説と関連性があるとも言われています。まさにこうした特徴から生まれた人物がレーニだと言えるでしょう。

さて引用したのは、Kの訴訟のために集まった伯父や弁護士たちを放ってやって来たKに対して、レーニが積極的にアプローチをしかける場面です。Kに恋人がいたことを聞いたレーニは、その人に肉体的欠陥があるのかと聞きます。そして自慢げに自分には肉体的欠陥があると言って右手の水掻きを見せるのですが、女性の手に水掻きがある……⁉　しかもKはそれを見て可愛いと褒め、キスをするのです。ですが、不思議に思いませんか？　なぜ、女性が己の魅力をアピールする箇所で水掻きなのでしょうか。この場面は確かにラブシーンなのでしょうが、この奇妙さ、グロテスクさに気を取られ、読者はこれを単なるラブシーンとは読めなくなるのではないでしょうか。でも、これこそがカフカ小説のラブシーンなのです。

この水掻きから、人魚など神話や伝説における異形でありながら抗いがたく男を魅了する美しくも妖しい誘惑者像を、レーニに読み込むこともできるかもしれません。しかし多くの読者はここでKの心情に一体化することなく、何かしら戸惑いや違和を感じることでしょう。もしかしたら作者カフカが女性に対し感じていた躊躇や抵抗、違和などが、こうしたKに相対する女性の人物像や行動として表されているのかもしれませんね。

3

ラブストーリーの始まりは
マウントの取り合いから

だってわたし、クラムの愛人なのよ。

『城』

カフカには恋愛小説はありません。ラブシーンもとても少ないのですが、その中でも確実に恋愛関係にあるのは『城』のKとフリーダです。彼女は、城の役人ご用達の宿屋の酒場娘です。フリーダに対するKの第一印象は、「頬のこけたパッとしない容貌の女だが、優越感をたたえた眼差しになぜか惹きつけられる」というものです。ですがフリーダが城の権力者クラム長官の愛人だと暴露した途端、彼女に強い興味を持ち始めます。というのも、このクラムの愛人であるということこそ、クラムに近づきたいKにとって決定的な意味を持つからなのです。引用の後を見てみましょう。

「だってわたし、クラムの愛人なのよ」「クラムの愛人だって」とKは言った。フリーダはうなずいた。「それじゃあ、あなたは」とKは自分たちのあいだにあまりにも過大な深刻さが生まれないように微笑みを浮かべながら言った。「わたしにとって、非常に敬意を表すべき人物というわけだ」「あなたにとってだけじゃないわ」とフリーダは友好的ではあるが彼の微笑みには応じず言った。Kは彼女の高慢さに対抗する手段を持っていたので、それを行使することにした。彼は尋ねた。「城に行ったことは？」。だが効果はなかった。というのも「いいえ、でもこの酒場にいるだけでじゅうぶんではなくて？」と彼女が答えたからだ。

この晩のうちに二人は恋人になるので、この場面はラブストーリーの発端のはずです。けれどもKがまずおこなったのは、彼女が実際に城へ行ったことがあるのかどうかの確認でした。これは城へ行ったことがないという事実を彼女の口から言わせることで、彼女の優位を崩そうする一手なのです。つまりKの言葉はフリーダに対してマウントを取ろうとするものであり、それに対しフリーダは「いいえ、でもこの酒場にいるだけでじゅうぶんではなくて？」と己の優位を疑いません。これはどう見てもラブストーリーの発端ではなく、互いに相手より優位に立とうというマウントの取り合いでしかありません。この言い負かされることなくKに対峙するフリーダは、自信に満ちた強気な女性ではないでしょうか。

　ところが驚くべきことに、フリーダはKにクラムを捨てて自分の恋人になるべきだと言われると、急転直下その通りにしてしまうのです。なぜそんな流れになるのか、読者は啞然。いったい、フリーダは何を考えているのだろう⁉　でも、実はカフカの小説にはこういうことはしばしばあるのです。『城』はK視点の小説、つまりKの目線から見た物事が叙述されている小説です。逆に言えば、K以外の登場人物が何を考えて話したり行動したりしているのか、その心情は書かれていないのです。よって読者はセリフ以外で登場人物の心中を知ることはできません。そしてそのセリフというのもまた決して本心ばかりではありません。口に出す言葉がすべて本心なんてことは、誰だってない、ですよね？

　のちに、実はこのフリーダの行動には裏があったのだ、スキャンダルを起こして自分を魅力的な女だと周囲に再認識させ一目置かせる計画だったのだとKに教える人物が登場します。フリーダを利用する気だったKが、逆にフリーダにいいように利用されたのだと言われたのです。Kはそんなのは妄想だと一蹴します。ですが、やはりそれが本当なのか妄想なのか、結局のところKも分からなければ、読者も分からないままなのです。

フリーダは強い女だったのか、弱い女だったのか、策士だったのか、健気で献身的だったのか。本当のところ、フリーダの本心はどこにあったのか。

でも、分からないからこそ、不思議さ漂うカフカです。

4

妹も「変身」！

わたしたちアレを厄介払いする努力をしなきゃダメよ。

『変身』

『変身』はもちろん主人公グレゴール・ザムザが巨大な虫に「変身」する物語ですが、グレゴールが「変身」することで、彼の家族もまた大きく「変身」していきます。とくに妹のグレーテの「変身」は見どころのひとつでしょう。

グレーテは、気楽な家事手伝いのかたわらヴァイオリンを弾くのが好きな十七歳の少女として登場します。虫になっても自分のことをよく考えていてくれるし世話もしてくれる。

いつか音楽学校に入れてやりたいとグレゴールは夢見ています。兄から見た妹は、まだまだ子どもで、どこまでも自分のことを慕い案じてくれる優しい味方なのです。

ですが、天使のように優しい妹というのは虚像でしかありません。一家の大黒柱だったグレゴールが金を稼ぐことができなくなったため、グレーテも外に働きに出ねばならなくなり、次第にグレゴールの世話がおざなりになっていきます。そして家族全員でひた隠しにしていた巨大な虫グレゴールの存在が他人に知られたとき、グレーテの我慢の限界を越えて出た決定的なセリフが引用です。もうこの化け物を兄と呼びたくない！　我慢して世話してきたけど、もうムリ！とばかりに叫びます。グレゴールを「兄」ではなく、「アレ」。つまりモノ扱いし、アレを捨てて解放されようと両親に提案するのが妹なのです。グレゴールから見た妹と、現実の妹の姿が交差する、決定的な場面と言えるでしょう。

ここには扶養家族として庇護されるばかりの子どもだった妹はもういない。今や外で働いてお金を稼ぎ、家計を支える一人であるグレーテは、家族内でしっかりとした発言権を持つ大人なのです。

この後グレゴールは自室へ這い戻り、家族のことを思いながら息絶えます。グレゴールの直接の死因は餓死ですが、妹のセリフ、妹から見捨てられた事実が、最後の一撃だったのかもしれません。

5

「私」を見て！

これが私のお祈りの目的なんですよ、他の人たちに見られるということがね。

『ある戦いの記録』

『ある戦いの記録』はカフカの初期の作品にあたります。実はこのころの作品はあまり残っていません。『判決』以前の作品はカフカ自身の手によってほとんど破棄されてしまい、『ある戦いの記録』を含むわずかな作品だけが残されました。これらの作品からは、当時のカフカが自分のスタイルを探して試行錯誤していた様子が見えてきます。

引用部分は「祈る男との対話」という章の一部です。主人公の「私」は、教会で大げさな身振りで祈っている一人の男に目を留めます。やせた身体を床に投げ出して、何度も頭を床にたたきつけている。しかも祈る前に、観客がいるかどうか確認するかのように、必ず周囲を見回している。「私」はこの男に腹が立ち、教会の前で男を待ち伏せ、問い詰めます。そこで男は、自分が注目を浴びるために派手に祈っていたことを認めるのです。『ある戦いの記録』には、タイトルとは裏腹に戦闘は描かれません。「祈る男との対話」もそうですが、基本となっているのは「私」と誰かとの対話です。いったいどこが戦いなのか疑問に思いながら読み進めると、妙なことに気づきます。だんだんとどちらが「私」でどちらが話し相手なのか分からなくなってくるのです。「祈る男との対話」でも、はじめは「私」が主導権を握っていたはずが、次第に両者の役割があいまいになってきます。

二人はいったいどういう関係にあるのでしょうか。ひとつの解釈ですが、祈る男は「私」のドッペルゲンガー的な存在だと考えることができます。つまり、他の人に見られたい、認められたいと思う自分とそうでない自分という内面の分裂が、「私」と祈る男という二人の人物として描かれているというわけです。自分の一面だからこそ、気に障るし腹も立つ。けれども無視できない。『ある戦いの記録』における対話とは、内面の戦いを表したものなのかもしれません。

6

いきものなの?

いったい、あいつは死ぬことがあるのだろうか。

『家父の気がかり』

「あいつ」というのは、オドラデクという聞きなれない名前の糸巻状の「何か」です。名前の由来にはさまざまな説があるようです。最初は動かない「もの」のように描かれていますが、途中から動いたり、会話したりできる存在になります。その形状は詳しく書いてありますが、実際に描いてみるときっと戸惑うことでしょう。ほかの人が描いたものと自分が描いたものがまったく違うこともあるのですから。描いたものを数人で交換してみてもいいでしょう。

オドラデクがいつ頃から存在しているのか、何かの役に立つ道具なのか、それとも生き物なのか、さっぱりわかりません。いつの間にか階段や玄関にいたりします。でもすばしこいので捕まえることは難しそうです。会話ができるといっても、小さな子どもの受け答えのようなものです。枯れ葉のようにカサカサと笑って、生命力も弱そうな感じです。

「死ぬ者はみな、その前に目的や日々の活動などに身を削りながら取り組んでいる」と、語り手であるこの家の主は考えますが、オドラデクはそんな風には見えません。「あいつは死ぬことがあるのだろうか」と疑問に思い、そして、自分が死んだ後に残されたオドラデクを想像しては切ない気持ちになるのです。だから、この人は気になって仕方がないのでしょうか。タイトルも『家父の気がかり』です。

ある大学の授業でこの作品を扱ったところ、オドラデクはイマジナリーフレンドではないかという意見がありました。確かにオドラデクはひょっとすると他の人には見えていない可能性はありそうです。でも、名前の由来を研究する人もいるみたいですから、他の人に認識されているとも言えます。どちらにしろ、オドラデクみたいなへんてこな生き物(?)を友達にするって、この人だいぶ病んでいるんでしょうか。

目的もなく、おそらく死ぬこともなく、存在し続けるだろうオドラデクって、いったい何だと思いますか?

7

イライラ倍増

いつか自分の職務を譲らなければならないとき、誰も解決できない大きな混乱を招く結果になるだろうと想像して辛くなる。

『中年の独身男性ブルームフェルト』

こう考える人も多いのでは？　特に働き盛りの人は、自分がいないと会社はやっていけないとか、学校の先生なら生徒はきっと困るだろうとか、自分がいなくなった後の周囲の戸惑う様子を想像してしまうのではないでしょうか。それは、自分がどれだけ忙しい人間なのか、どれほど重要な仕事をしているのか、誰かに理解してほしい、自分を労ってほしいという欲求からきているのかもしれません。でも、案外組織というものはその人がいないなりに、どうにか切り抜けることが多いものです。だとすれば、仕事や人生をもっと気楽に考えてもいいかもしれません。

リネン工場で働いている中年男性ブルームフェルトには、二人の助手がいます。この二人は区別できないほどよく似ているのですが、このような二人組は、カフカの作品の中にたびたび登場し、だいたいは主人公をイラつかせます。『城』に登場する二人の助手もそうですね。自分の仕事に誇りを持っているブルームフェルトですが、それに対して上司は、もっと効率の良いやり方を取り入れたいと思っており、彼がいつ辞めても構わないと考えています。それでもブルームフェルトの要求を一応受け入れた形で探し出してきたのが、この役立たずの二人組なのです。反発しづらい嫌がらせでしょうか。

ところで、この作品の前半は、まったく様子が異なります。独身のブルームフェルトは、犬でもいたらいいなぁなんて思いながら帰宅すると、小さなボールが二つ交互に跳ねているのを目にします。中に何か入っているみたいでうるさい音を立てながら、ボールはずっと付いてくるので、ブルームフェルトはイライラします。このボールとの戦い（？）の様相が前半部分といってよいでしょう。

このボールはいったい何でしょうか。後半に出てくる助手のようなもの、主人公をイラつかせ、悩ませる存在がボールとして現れたのかもしれません。長く働き、自立した生活に対する自負を持ちながらも、ブルームフェルトには、自分の存在の重要性を確認したいという欲求が見られます。自らの築いてきたテリトリーに突如現れた二つのボールは、果たして本当にブルームフェルトを悩ませるだけの存在でしょうか。帰宅するとき、彼は考えるでしょう。玄関のドアを開けるとボールがまた跳ねていたら、あるいはシーンとしていたらと。どちらにしても、ボールは彼の心の中をしばらく占拠するのかもしれません。少なくともブルームフェルトの相手をとことんしてくれたのですから。

職場では重要な仕事を任され、家では「意識高い」系の生活をしていると思いたいブルームフェルトですが、そうとも言えないところに彼の悲哀が感じられます。そんな彼の前に現れたボールと助手は、ある意味、彼の自尊心を満たしてくれる存在でもありました。

8
ヤーコプか？ ジェイコブか？

Jakobおじさんは母の兄で、名前がJakobなんです。姓はもちろん、母と同じベンデルマイヤーと言うんです。『失踪者』

『失踪者』はすでに第一章に出てきたように、十七歳のカール・ロスマンが移民として単身アメリカにやってくる話です。お金もなければ、つてもない。どう考えても、このままでは主人公はすぐに野垂れ死にするのが確定しています。というわけで、『失踪者』序盤にはお助けキャラが登場します。それがこのおじさんです。

カールをわざわざ船まで迎えに来てくれたこのおじ、ものすごくハイスペックです。カールと同じように移民としてアメリカに渡ったのですが、その後会社を設立し、今では議員にまで上り詰めた成功者です。すごいですね。お金がなくて息子をアメリカにやらざるをえなかったカールの両親とは対照的です。ヨーロッパ生まれのはずのおじは、自分のことを「生粋のアメリカ人」であると言い切ります。その「アメリカ人」化の象徴とも言えるのが、おじの改名です。彼は今、エドワード・Jakobと名乗っているんです。

おじの名前からはいろんなことが読み取れます。まず、以前の姓を捨てることで、ヨーロッパの家族とは縁を切ったのだということ。そして、自分の名を新たな姓としていること。これによっておじは新たな家の創始者となったと受け取ることができるでしょう。ただし、ここで一つ問題があります。おじの名前どう読むか問題です。引用文ではあえてアルファベットのままJakobと書きましたが、さて、この名前どう読めばいいんでしょう？ヨーロッパ系の名前には、ある問題がつきものです。たとえばPaul。男性の名前ですが、英語やフランス語だと「ポール」、ドイツ語だと「パウル」と読みます。Jakobも同じスペルで、英語読みでは「ジェイコブ」、ドイツ語読みすると「ヤーコプ」となります。わたし的には改名前を「ヤーコプ」、改名後を「ジェイコブ」と読みたいところです。なんといってもおじは「生粋のアメリカ人」ですから。ただし、作品ではどう読むかという説明まではなされていません。これまでの翻訳でも「ヤーコプおじ」となっています。おじの名前をどう読むかは、結構悩ましい問題なのです。

さて、おじに引き取られたカールは、英語を学びながらアメリカになじんでいきます。貧しい移民としてアメリカにやってきたのでは望めないほど恵まれたスタートです。このまま順調にアメリカ生活を続けていくかと思いきや、そううまくはいきません。英語を覚えるやいなや、準備が整ったとばかりに、カールはおじのもとを追い出されてしまうのです。船でなくしたと思っていたトランクを再び手にし、カールはひとり旅立ちます。ここから改めてカールの物語が始まるのです。

9

放浪者の系譜

ロビンソンっていう名前だって怪しいもんだ、アイルランド人にそんな名前は聞いたことがないからな。

『失踪者』

ロビンソンとその相棒ドラマルシュは、おじのところを追い出されたカールが最初に出会う移民仲間です。おそらくカールよりも年上で、移民の先輩とでも言うべき存在ですが、定職に就かずにフラフラしている、いわばごろつきです。最初にカールの手助けをするのも、彼のお金目的だったりします。それでも二人は、ただの貧しい移民に戻ってしまったカールの先導者のような役割を果たしています。

さて、ロビンソンという名前から何か思いつきませんか？　曲名？　店の名前？　けれど、もとをたどると一つの名前に行きつくのでは？　そう、ロビンソン・クルーソーです。『失踪者』のロビンソンの名前もこのロビンソン・クルーソーに由来していると思われます。というのも二人には名前のほかにも共通点があるのです。『ロビンソン漂流記』では、船乗りだったロビンソン・クルーソーが無人島に漂着し、救出されるまで独力で生き抜きます。一方の『失踪者』のロビンソンも漂流者、というよりも彼の場合は陸地なので、放浪者です。名は体を表す、というわけですね。そして彼はカールを放浪へ連れ出す存在でもあります。引用したのはその名も「ロビンソン事件」という章の会話文です。その頃のカールは、ドラマルシュとロビンソンという悪い仲間と別れて、ホテルで定職を得ていました。ところがある日、泥酔してホテルにやってきたロビンソンを介抱したせいで、カールは職を失ってしまいます。こうしてカールは再び二人と行動をともにすることになります。

名が体を表す、というのは相棒のドラマルシュにも当てはまります。フランスからの移民である彼の名前はDelamarche、フランス語です。分解するとde la marcheとなり、marcheは「歩くこと」や「行進」、「行進曲」という意味で、名前全体もあえて訳すなら「歩くこと」や「ウォーキング」という意味になります。ロビンソンと同じく、彼の名前もまた歩いていくこと、放浪者を意味しているのです。ちなみにですが、主人公カールが得意なピアノ曲も行進曲です。なんだか意味ありげですね。

10

イヌになれ！

こんなのは依頼人なんかじゃない、弁護士の犬だ。

『訴訟』

商人ブロックは『訴訟』のなかで唯一名前が出てくる被告人です。被告ヨーゼフ・Kの未来の姿を表しているのがブロックだと言えるでしょう。さて、どんな人物なのでしょうか？

ブロックはKと同じ弁護士に弁護を頼んでいる、Kの先輩被告人として登場します。Kは一向に進展しない訴訟に腹を据えかね、解約しようと弁護士のところへ赴いた際、ブロックと知り合い、五年にわたる彼の訴訟の経験談を聞くことになります。ブロックはここの弁護士以外にもこっそり五人もの弁護士を雇っているのだという抜け目のなさを披露します。が、その反面、訴訟に入れ込むあまり商売をおろそかにしてしまい、今や弁護士が呼べばいつでも面会できるように、弁護士宅の女中部屋に常駐している有様なのです。弁護士の言いなりどころか、弁護士の看護師レーニの言いなり、まるで奴隷のようになってしまっています。

「依頼人とは弁護士の犬のような扱いを受けるものなのだ」とひとこと書けばいいところを、カフカは決してそうは書きません。それがどういうことなのか具体的に示すのがカフカなのです。例えば、レーニは弁護士に、今日ブロックはほとんど光の入らない部屋で一日中、弁護士から貰った訴訟の書類を一字一字なぞるように読んでいたと報告します。文字もろくに見えない暗い部屋で読めない書類を読む。このブロックの行動とはただ従順であることを示す身振りに他なりません。

弁護士とレーニに媚びへつらうブロックを目の当たりにしたKは「こんなのは依頼人なんかじゃない、弁護士の犬だ！」と憤ります。弁護士に逆らえない被告の立場を見せつけられて、Kは無言で断固たる拒絶を貫きます。この章は、「実はいまだ訴訟の開始を告げる鐘さえ鳴っていないのだ」という裁判官の言葉を弁護士から知らされたブロックが、愕然とする場面で終わっています。

犬のように従順に。犬のように惨めに。
そしてこの物語のラストでは、Kは「犬のようだ！」と叫んで死んでゆくのです。

11

あなたは何者なの！

残念ながら、あなたは何者かではあるのです。つまりよそ者です。

『城』

『城』の登場人物の一人である宿の女将は、主人公Kに向かってこんなふうに言いました。「よそ者」って普通はよそから来た人のことですよね。ところがそれだけではないらしく、女将が言うには、「必要のない、どこへ行っても邪魔になる人、いつも迷惑をかける人」なのだそうです。

Kは測量士として村へやってきたと主張します。伯爵に招かれたとKは言いますが、測量士の仕事をするでもなく、何となく村にいます。実は測量士というＫの仕事自体、本当のことかよく分かりません。身分を明かす前に、そこにいた人物がＫに対して「浮浪者のふるまいだ！」と叫びます。ドイツ語で「測量士（Landvermesser）」は、「浮浪人のふるまい（Landstreichermanieren）」という単語と共通の「Land（土地、国などの意味）」という言葉から始まるために、そこから連想して出てきた職業ではないかと解釈する人もいるくらいです。

Ｋが何者なのかという問いは、作品の中で繰り返されます。例えば、あるとき女将はＫに「あなたは何者でもない」と言い放ちます。測量士と名乗っていても、測量士として何もすることができなければ何者でもないと言うのです。作品の終わりの方では、女将はＫに改めて「いったいあなたは何者なの？」と尋ねます。Ｋは「測量士です」と答え、その仕事について説明するのですが、女将はあくびをして「あなたはなぜ本当のことを言わないのですか」とＫに聞きます。それに対してＫは「あなたも本当のことを言っていませんね」と答えるのです。

「測量士」と名乗り、「よそ者」と呼ばれたＫは、「本当のところ」何者だったのでしょう。様々な解釈ができそうな、興味深い問いです。しかし一方で、このような問いは、実はあまり重要ではないかもしれません。この小説では、女将はおろか、誰も「本当のこと」を語っていないのではないかと思われるからです。

『城』には長い話をするおしゃべりな人たちがいます。そして彼らは自分の都合のいいように語ります。村を訪れたよそ者のKが話の聞き手です。女将はよそ者を「必要のない」と言いましたが、一応ここでは村人の話の聞き役として役に立っている一面もあります。そして、よそ者であるため、村人たちの話が真実であるのかKには判断できませんし、K自身も特に関心はありません。測量士という肩書きではなく、よそ者として村での役割を果たしているのです。

大半の小説というものは、登場人物の職業や身分、生い立ち、そのキャラクター等が、きっちり描かれているでしょう。しかし、小説というフィクションだからこそ可能な表現もあります。『城』は「よそ者」という以外はなにもかもが曖昧な主人公を描いているのです。

12

クラムの正体は？

村にやってくるときと村を去るときとでは、クラムはまったく違って見えるそうよ。

『城』

『城』においてクラムは主人公Ｋの直属の上司として重要な役回りを担っています。しかしこのクラム、まったく姿を現しません。Ｋはあの手この手でクラムに会おうとしますが、失敗します。かろうじて成功したと言えるのが、酒場での出来事。クラムの愛人を自称するフリーダの手引きでＫは初めてその姿を目にします。壁の節穴から覗き見た寝姿ではありましたが。

Ｋだけがクラムに会えないのかというと、そうではありません。村人たちもどうやら状況は同じようです。その一方で、村ではクラムの姿はよく知られていて、Ｋも自分の見た男がクラムだと信じて疑いませんでした。ところが、Ｋの自信はオルガの言葉によって崩れ去ります。彼女によると、クラムの姿は見る人や見るときによって変わります。村にいるときと城にいるときもそうですし、「ビールを飲む前と飲んだ後、起きているときと眠っているとき、ひとりでいるときとしゃべっているとき」も違うようです。それどころか、クラムの背丈や態度、太り具合やひげの形も違っていて、唯一服装だけは誰が見ても変わらないとか。そんな状況なので、オルガの弟バルナバスはクラム直属の使者であるにもかかわらず、目の前でクラムと呼ばれている男が本当にクラムなのか確信が持てないでいます。このバルナバス、クラムとＫの間を取り持つ専属の使者です。そのクラムが本人ではないかもしれない――Ｋの立場を揺るがす大問題です。

なぜ姿かたちが違って見えるのでしょうか。クラムが魔法を使っているとか？　いやいや、『城』は魔法が飛び交うファンタジーではありません。クラムとは人の名前ではなく役職名ではないか、という推測も当たりません。さすがにビールを飲んでいる途中で入れ替わるのは無理でしょう。じゃあどういうことなのか。

ここで注目すべきなのは、バルナバスは例外として、誰もちゃんとクラムに会ったことがないという点です。クラムの姿というのは村人たちのうわさにすぎません。みんなよく知っているのに、誰も実際には見たことがない――それが事実だとすると、クラムはまるでおとぎ話の王子や姫のようだと思いませんか？　たとえば『白雪姫』を例にとってみましょう。白雪姫がどういう姿をしているか、イメージしてみてください。どんな顔をしていて、どんな服を着ているか、みなさんの中に「白雪姫はこうだ！」というイメージがあるはずです。けれども実際に白雪姫に会ったことがある人はいないですよね。それに、白雪姫のイメージも人によって少しずつ違っているでしょう。なんだかクラムの説明によく似ていませんか？

白雪姫が物語の中の存在だとすれば、クラムはうわさ話の中の存在です。どちらも言葉の中にのみ生きています。そんな人物が『城』という物語の中で実在の人物として扱われている――物語の前提を覆しかねない、なかなか複雑な関係です。けれどもカフカならやりかねないと考えてしまうのは、あまりにもうがちすぎでしょうか。

iii

こんな世界、あんな世界

物語の設定に目がまわる

作品についての作品？

当然ながらこうした方式ではあちらこちらに大きな隙間が生じてしまうことになるが、それらはゆっくりと時間をかけてようやく埋められるのだった。

『万里の長城が築かれたとき』

万里の長城のことはみなさん知っていますね。中国の歴代王朝が北方民族の侵入を防ぐために造ったとされる、あの長大な壁のことです。『万里の長城が築かれたとき』は、長城の建築方法やそれについての考察を述べた作品です。このように言うと、「カフカは歴史小説を書いたのか」と思われるかもしれませんが、そこはカフカです。この作品に書かれていることは荒唐無稽でとても史実とは思えませんし、事実、違います。ではこの作品はいったい何を描いているのでしょうか？

ここで描かれる建築方法は変わっています。まず、起点から順に進んでいくのではなく、両端から造り始めます。真ん中で二つの壁が合わさる感じですね。これだけならば奇妙でも何でもありません。ところがこの二つの壁、歯抜け状態なのです。壁を五〇〇メートル造った後、次はその隣かと思いきや、まったく別のところに建設し始める。その結果、壁は連続せずに、あちこちに空いた箇所があるとされています。この妙な建築方法、とあるものに似ています。何かというと、カフカの執筆方法です。

カフカは基本的に短編の作家です。けれども作家＝長編小説というイメージを強く持っていたようで、何としても完成させるために『訴訟』執筆の際にはある策を講じました。それが、最初の章と最後の章をはじめに書き上げてしまうというものです。最初と最後が決まっていれば、あとは間を埋めていくだけですからね。これなら完成すると考えたのでしょう。しかしここで問題が発生します。カフカは物語の時系列に沿って残りの部分を書いていったのではなく、あちこちの章を書いては止め、書いては止めているのです。しかもそれぞれの章は短編小説のように独立しており、他の章との関係が薄いどころかほとんどないものもあります。さらには『訴訟』は一冊のノートに書かれたのではなく、章ごとに（完成していないものも）束ねられた状態で見つかりました。おかげで『訴訟』は今でも章の順番が分かっていません。もちろんみなさんが手に取る『訴訟』はちゃんとした物語として読めるように章が並べてあります。けれどもその並びはあくまでも仮の順番なのです。『万里の長城が築かれたとき』に描かれる建築方法は、まるで『訴訟』の執筆方法を物語化しているようです。引用箇所の後には、隙間は埋められていないところもあるらしいと続いているのですが、そんなところも『訴訟』と共通しています。自分の作品を物語化するのはカフカの常套手段です。たとえば短編集『田舎医者』に収められた『十一人の息子』。父親が自分の息子たちを順に説明していくのですが、その息子たちというのが実はカフカ自身が書いた十一の作品だというのです（どの作品がどの息子なのかは不明）。『万里の長城が築かれたとき』もそんな作品のひとつではないかと思われます。

カフカを読んでいるとときおり「これってメタ視点から書いているのでは」と思える作品や文章に出会います。物語内の世界について語ると同時に、俯瞰的な視点から作品や自分自身について言及している文章です。カフカの文章は多層的で、一つの文章が二つあるいはそれ以上のことを意味している可能性があります。そこにはただ一つの正しい答えというものはありません。みなさんもぜひ「ああじゃないか」「こうじゃないか」と自由に考えながら作品を読んでみてください。

2

一文字違いのユートピア

オクラハマ大劇場がきみたちを求めている！　本日限り、一度限り！　『失踪者』

物語の舞台というとどういうものを思い浮かべるでしょうか？　架空の国だったり、実在の街だったり、いろいろとありますが、カフカの場合は基本的に抽象的です。たとえば『訴訟』の舞台は大都市としか説明されませんし、『城』にいたっては村の一言で終わりです。どちらも名前すらつけられていません。そんなカフカのなかで例外となっているのが、アメリカを舞台としている『失踪者』です。カフカ自身はアメリカに行ったことはありませんでしたが、作品内の記述――ニューヨーク東部の移民の末路など――は、当時のアメリカの実情に基づいているように見えます。カフカにしては珍しく、『失踪者』は現実世界を描いた作品である……本当にそうでしょうか。作品に出てくる地名を手がかりに考えてみましょう。

『失踪者』にはあまり数は多くありませんが地名がいくつか出てきます。まず登場するのはニューヨーク。当時アメリカとドイツを結んでいた航路の終着点であり、物語の出発点です。そこから始まり、主人公カールは徐々に西へと向かっていきます。ニューヨークのおじのもとを追放された、つまり東部で成功できなかったカールの次の行先として示されるのも西の地、サンフランシスコです。最終的にカールはオクラホマ劇場に採用されて、列車でオクラホマへ向かうことになり、物語はそこで途切れています。

オクラホマはカフカの執筆当時アメリカでもっとも新しい州でした。その名前を冠したオクラホマ劇場は、一種のユートピアとして説明されています。そこは誰でも勤勉に働きさえすれば幸福になれる、アメリカン・ドリームが約束された場所なのです。けれども、引用文をもう一度よく見てください。ちょっと違っているのに気づきましたか？　カフカはオクラホマを一貫して「オクラハマ」と書いています。このスペルは、カフカが『失踪者』を書く際に参考にしていた本、アルトゥール・ホリチャーのアメリカ旅行記『アメリカ　今日と明日』（一九一二）の誤植に由来すると考えられています。その誤植があるのが

『オクラハマの牧歌』と題された写真で、平和そうなタイトルですが、写っているのは木にぶら下げられた黒人、白人によるリンチの現場です。そのタイトルをカフカはユートピア空間の名前としたのです。

オクラホマとオクラハマ。一文字変わることによって、オクラハマは架空の地名になっています。そしてこの一文字のずれは、現実のアメリカとカフカのアメリカとのずれでもあります。そのほかのこまごまとした地名、ニューヨーク近郊にあるとされるバターフォードやラムゼスも、実は架空の地名です。クレイトンだけは実在する地名ですが、執筆当時の時代背景を考えると、地名よりもクレイトン法という法律に由来するのではないかと考えられています。この法案が成立したのがちょうどカフカが『失踪者』を執筆していた一九一四年ですから、彼は最新のアメリカの情報を作品に反映させていたことになります。

違っているのは地名だけではありません。冒頭に登場する自由の女神も実際の自由の女神とは違っています(ぜひ作品で確認してみてください)。うっかり読み飛ばしてしまいそうなのですが、けっこう大きな違いです。どちらのアメリカにも自由の女神はあるけれども、ちょっとだけ違っている。カフカのアメリカはそんなちょっとだけ違う、架空のアメリカなのです。

3

寝るより楽はなかりけり、浮世のばかは起きて働く

「あそこの連中はさ、眠らないんだってさ！」

「なんでなの？」

「あいつらは眠くならないからさ」

「なんでなの？」

「そりゃあ、あいつらはバカだからさ」

「バカは眠くなんないの？」

「バカがどうして眠くなんかなるんだよ」


『国道の子どもたち』

短編集『観察』に収められた『国道の子どもたち』は、都会には眠らない連中がいるという村のうわさ話で終わっています。それが引用部分です。この会話では、「なんでなの？」という同じ疑問文が二回繰り返されています。それぞれの疑問には、理由を表す表現「から」を使って答えています。同じパターンの問いかけと答えですが、一回目と二回目で理由の性質が実は違っています。気づきましたか？

一回目は、眠らないのは、「眠くならないからだ」という、しごく当たり前の理由が返ってきます。ところが、二回目は、眠くならないのは、「バカだからだ」と答えています。「え？」と思いませんか？　この理由は論理的ではありません。このことから、同じ形をとっていても、性質の異なる理由が挙げられていることがわかります。この二つが同じパターンの繰り返しの中で提示されています。

この会話の流れをたどると、中心となる話題に変化が起きていることに気づきます。前半部では、都会に住む人たちが中心的話題となっていましたが、後半部では、理由として挙げられていた「バカ」が新たな中心となり、その特徴について語られます。すなわち、当初テーマとして導入された都会の「連中」に関する叙述が、「バカ」をテーマとする叙述にずらされています。この「ずらし」のため、この短い会話の焦点が二つに分散してしまっています。このような「ずらし」は、カフカ作品の特徴のひとつです。

4

おまえのことはお見通しだ！

おまえは、こちらにやって来る力はあると思っている。しかし、そこにとどまったままなのは、そうしようと思っているからだと考えている。

『判決』

どことなくおかしいと感じませんか？　なぜそう感じるかと言うと、話し相手の考えを断定しているからです。普通、他人が考えていることは分からないので、推量したり問いかけたりすることはできたとしても、断言することはできないでしょう。カフカの代表作の一つである『判決』はいわゆる三人称小説で、語り手が登場人物の言動を説明するという形式をとっています。登場人物は主人公のゲオルクとその父親、たった二人です。この小説の内容を少し説明してから、先のセリフを考えることにしましょう。

ゲオルクは自分の部屋でロシアに住む友人に手紙を書き終わり、その手紙をもって父親の部屋にいきます。そこで友人の話をし始めると、それまでベッドに横になっていた父親が急に跳ね起きてゲオルクの言動を批判し、あげくのはてに息子に死刑判決をくだしてしまいます。ゲオルクは外に飛び出し、川に飛び込んで終わります。

この話は大きく分けると、①ゲオルクの部屋、②父親の部屋、③外、の三つの場面からなります。面白いのは、部屋の移動にともない、描写の視点が違ってくる点です。①では、ゲオルクの立場から友人や父親のことが語られます。②では、ゲオルクと父親の対話が中心になります。父親のセリフは、①のゲオルクの視点を相対化し、同じ物事を父親の視点から描いています。ゲオルクの立場と父親の立場が対立するのです。そして③は客観的な描写、ゲオルクでも父親でもない第三者の視点から語られます。

引用した箇所は、②父親の部屋で父親がゲオルクに向かって言ったセリフです。この発言により、場の支配者がゲオルクから父親に移行し、立場が逆転したことが示されているように見えます。相手の考えを見通す能力があると示すことで、精神的に優位に立ち、相手を支配下に置いているのです。このような支配力を示す発言を、「お見通し発言」と呼ぶことができます。カフカの作品には、この種の発言が場面の転換の際に特徴的に出現することがあります。登場人物が語り手のような役割をしているみたいで、面白いですね。

5

突然あきらめろって、何？

早朝だった。通りはガランとしていた。私は駅へ向かっていた。塔の時計と自分の時計を見比べたとき、自分で思っていたよりもずっと遅いことに気がついた。かなり急がなくてはならなかったのだが、この発見に驚いて道が分からなくなってしまった。私はこの町にまだそう詳しくはないのだ。幸いなことに警官が近くにいたので、走り寄って、息を切らせて道を尋ねた。警官は笑って言った。「私から道を聞こうというのか？」「ええ」と私は言った。「自分では見つけられないのです」「あきらめなさい、あきらめなさい！」警官はそう言うと、ぐるりと背を向けた。笑うのを隠そうとするかのように。

『ひとつの注釈』（『あきらめなさい！』）

これが『ひとつの注釈』全文になります。主人公の「私」はあまり詳しくない町で駅へ急がなくてはならない。なのに、道を聞いた警官はあきらめろと言い残して去っていく。たったこれだけの話です。この話は現在ではEin Kommentar、訳せば「ひとつの注釈」または「コメント」というタイトルで呼ばれていますが、昔はGibs auf!「あきらめなさい！」というタイトルで呼ばれていました。ここでもタイトルは二通りあげておきます。道をお巡りさんに聞くのは普通のことです。当然、教えてもらえると思うでしょう。それなのに、あきらめろと言われて背を向けられる。読者は、この全くの予想外のセリフ「あきらめなさい！」に、え⁉と思うことでしょう。

この話、ストーリーらしいストーリーはほぼありません。そのため解釈を試みるとき、多くの人は登場人物から解釈しようとするのではないでしょうか。さて、登場人物はたった二人です。一人は「私」、道に迷う人物。もう一人は警官で、「私」を助けてくれない。そして警官といえば国家権力の一端です。また、ストーリーがないに等しいうえ、背景がガランとした路上ということで、話の抽象度が上がります。つまり、道に迷う「私」に焦点をあてて、人生という道で迷っている人間を表しているというふうに。または警官に焦点をあてて、「私」に背を向ける国家権力と解釈し、行政が手を差し伸べないような社会的弱者を描いているなど。また作者カフカに関する伝記的事実を考慮して、国家権力に背を向けられたユダヤ人の状況を表していると解釈することもできるかもしれません。

しかし、やはりこの話の面白いところは、突然投げつけられる「あきらめなさい！」ではないでしょうか。全く見知らぬ人物に、あきらめろと言われるって、どうですか？

しかもドイツ語原文を交えて見てみると、警官は「私」に対してSie「貴方」ではなく、du「おまえ」という二人称を使って話しています。英語のyouにあたるドイツ語は二種類、敬称と親称があり、敬称のSieはちょっと距離のある丁寧な言い方です。一方のdu「おまえ」というのは、高圧的で上から目線であるようでもありますが、同時に、家族や友人など親しい間柄や小さな子どもに対して使う二人称でもあります。つまりdu「おまえ」と言われたら、ぐっと踏み込んでこられた！という感じがするわけです。

もちろんストーリーに沿うと、駅へ行き着くことをあきらめなさいという意味に違いないのですが、まるで自分のことなど何も知らない通りすがりの他人から、いきなりぐいと踏み込んでこられて、おまえのやることなど無駄だ、あきらめなさいと、自分自身をまるごと否定されたような気がしませんか？

まさに言葉のパンチ。言葉の持つ威力に驚きます。

6

世界の相対化

祖父がよく話していた。「人生は驚くほど短い。今、記憶の中では一生が一塊のようになっている。だから私には分からないのだ。例えば、なぜ若者は隣村へ馬を駆って行こうなどと決心できるのだろうか——不運な出来事は度外視するとして——当たり前の、首尾よく流れ行く人生の時間でさえそのような騎行には全然足りないことを恐れもしないで」

『隣村』

『隣村』は短い作品ですが、その短い中に主観と事実が入り混じっています。ちょっと入り組んでいるので、順に見ていきましょう。

最初のセリフは、「人生は短い」です。よく使われる言い回しですが、これだけでは主観とも事実とも言えそうです。ところが、これに「驚くほど」という主観的な副詞句がくっついています。続いて、自分の記憶について述べられます。これまでの人生のあれやこれやが押し寄せてきて一塊のようになっているというのは主観的な記憶の世界ですね。「人生は短い」ということが、自分の個人的な経験に照らし合わせても妥当であると主張しているわけです。

続く発言も「分からない」という表現があることから、祖父の記憶という主観世界での話となります。何が分からないかというと、若者が隣村に馬で行くと決心しているということです。すなわち、祖父は「隣村に馬で行くこと」が決断を伴う行為であり、なおかつ、その若者の決断行為を「事実」として提示していると言えます。その後の発言で、隣村に馬で行くには人生はあまりに短いということを、若者は気にもしないと追加されます。

これを発言の流れとしてまとめると、つぎのようになります。
①一般的言説の主観的提示→②記憶という「主観」世界の提示→（だから）→③分からないという「主観」世界の提示→④若者が決断しているという「事実」の提示→⑤・⑥決断の際、予想される懸念の不生起提示
このように「主観」世界と「事実」世界とを対立させることで、統一的な見方の提示が

避けられています。この叙述方法は、描写する世界を相対化するものと言えるのではないでしょうか。同じような相対化は、カフカの他の作品においても認められます。たとえば、『判決』もそうでしたね。このようにして叙述される世界が両義的であることを表現する構図は、カフカが好む文芸技法だと思われます。

7

ロボットみたいな人間と「出口」

生きることを望むなら、わたしは出口を見つけなければならない。でもその出口には、逃げ出すことでは到達できないのだ。

『あるアカデミーへの報告』

第一章に出てきたチンパンジーのロートペーターに再び登場してもらいましょう。彼がまだ普通のチンパンジーだった頃、ヨーロッパへ向かう船上でのことです。檻の中で、「あらゆる方向に開かれた自由という、大いなる感情を失った」と彼は悟りました。何にも縛られずに生きる野生動物の自由を失ったのです。人間に囚われてしまった彼には、自由はもう手の届かないものだということがわかります。人間の観察を続けながら、ロートペーターは再び自由になる方法について考えを巡らせます。しかし捕獲されて以降、彼は「自由」を「出口」を探すという別の言葉で表現します。それが冒頭に引用した文章の中にある、「出口」という言葉です。

ロートペーターは檻に閉じ込められているのですから、「出口」とは単純に檻の出入り口と考えることもできるでしょう。ですが、ロートペーターが言うには、「その出口には、逃げ出すことでは到達できない」のです。どうやらこの「出口」という言葉は、物理的な脱出口や、または檻から単に逃げ出すことを意味しているのではないようです。

ロートペーターの周りには、たくさんの人間たちがいます。興味深いことにこれらの人間たちは、お互いに非常に似通っているようにロートペーターの目には映るのです。「わたしはこれらの人間たちが、まるで一人の人間であるかのように、いつも同じ顔、同じ動きをしてあちらこちら歩くのを見ていました」。同じ顔、同じ動きで見分けのつかない人間たちは、まるでコピーかロボットのようだとは思いませんか？　当然ロートペーターにも、そんなロボットめいた人間たちが魅力的に思えるはずはありません。ですが、彼はこの人間たちの中に、ひとつの「出口」を見つけます。どこかといえば、なんと、人間たちの「どんよりとした眼差し」の中にあったというのです。せっかくの「出口」が「どんよりとした」目の中だなんて惹かれませんが、仕方がありません。そうしてロートペーターは、人間そっくりに振る舞うことができるように自らトレーニングを開始します。

ちっとも魅力的ではないが、自分も人間のコピーになってしまうこと、それがロートペーターにとっては人間世界の中での唯一の「出口」だったのでしょう。社会の中では、個性を保つことは時として難しいものです。猿という個性を手放してはじめて、ロートペーターは人間社会で居場所（＝「出口」）を見つけることができたと読むことができます。そしてまたカフカは人間を、「あらゆる方向に開かれた」本当の自由とは、無縁の存在として描きたかったのかもしれません。

8

「書くこと」とひとつになりたい!?

上の方では彼の名前が、力強い飾り文字で石の表面を駆けて行った。 『ある夢』

『ある夢』は、「ヨーゼフ・Kは夢を見た」と始まり、「この光景にうっとりとして目が覚めた」という一文で終わります。彼がうっとりと見つめているのが引用文の箇所です。もう少し『ある夢』について説明しましょう。散歩に行こうとしたKは気づくと墓地にいます。いかにも夢の中っぽいですね。そこで彼の注意を引いたのがひとりの芸術家。意気揚々と鉛筆を走らせるのですが、「ここに眠るは」と書いただけで、手を止めて困惑したようにKに目を向けます。ようやく芸術家が書いた文字「J」を見て、Kはそこに刻まれるのが自分の名前ヨーゼフ（Josef）であることに気づきます。彼は墓の下に身を滑らせながら、同時に頭上で名前が刻まれる墓石を見つめる、そうして物語は終わります。

墓地というのは特殊な空間です。そこでは死者がただ書かれた名前として存在しています。この説明ではちょっと分かりにくいですが、知らない土地の墓地を散歩するところを想像してください。ひとりずつ個別に埋められている欧米の墓地がいいですね。みなさんは墓石に刻まれた名前を読みながら歩いていきます。名前を見てもどんな人かは分かりません。けれどもみなさんはそこに刻まれた名前が架空の人物のものではないことを知っています。墓地とはそういう、もはやいない人たちが存在する場所だからです。肉体もなにもない彼らはただ刻まれた名前として存在しています。

さてみなさん、『ある夢』で墓石に文字を刻んでいる人物に違和感を持ちませんでしたか？　職人ではなく、芸術家なんですね。しかもこの芸術家、持っているのは鉛筆なのに、彼が腕を振るうと金色の文字が墓石に刻まれます。書くことはカフカ文学そしてカフカ自身にとって常に重要なテーマです。「私は文学への関心を持っているのではなく、文学からできている」と断言するほどです。芸術家によって書かれた文字になるKの姿は、「文学からできている」というカフカの言葉が実現した姿のように思えます。

文字になる、文字と一体化するという点からみると、『流刑地にて』も『ある夢』とよく似ています。ただしあちらは、処刑機械が囚人の身体に判決文を書き込んでいくというものです。その結果として囚人には救済が約束されていると言われていますが、『ある夢』と違って『流刑地にて』の結末は決して明るくはありません。二つの作品の違いはどこにあるのでしょうか。書くのが芸術家ではないから？　書く内容が違うから？　ぜひ二つの作品を読み比べてほしいのですが、『ある夢』はあくまでも夢の中のストーリーだからというのも理由として挙げられそうですね。しかも夢を見ているのはヨーゼフ・K。『訴訟』の主人公です。ひょっとすると、目を覚ましたKを待っているのは『訴訟』の世界かもしれません。

9 飛ぶの？

おまえは我々の世界で何をしたいのか？

『こうのとり〔夕方帰宅してみると〕』

夕方帰宅すると、部屋のまんなかに巨大な卵が転がっているところを想像してみましょう。だいたいはびっくりして、誰かに連絡したり、警察に通報したりするものです。カフカの作品の人物たちは、そのような野暮なことはしません。淡々と状況を受け入れます。そして、巨大な卵から生まれたばかりの鳥に聞くのです。「おまえは我々の世界で何をしたいのか？」と。

今の状況から抜け出したいとき、何かを変えたいとき、あと一歩が踏み出せないとき、誰かが、あるいは何かがやってきて、そのきっかけとなればいいなと考えたことはありませんか？　このコウノトリ風の鳥も、そうした願望から生まれたものではないかと思います。鳥に「何をしたいのか」と主人公は聞きますが、答えはありません。実際には「何をさせたいのか」と自分に問うているのではないでしょうか。

主人公はお互いに助け合おうと、この鳥と（一方的に）契約を交わして、貧乏だけれどもなけなしの金でえさの魚を与えます。その代わり、前から行ってみたいと思っていた南の国へ、鳥の背中に乗って連れて行ってもらおうとしています。『ニルスの不思議な旅』のような感じでしょうか。鳥が成長すると、飛ぶ練習をします。はじめは椅子から、それから棚へと練習を重ねるところで話は終わります。

この後どうなるのでしょうか。棚よりも高いところから飛ぶ練習をするのでしょうか。そして、いよいよ本番となり、より高いところから鳥の背に乗って飛び立つとすると……。なんだか急に作品の中から現実的な世界へ呼び戻されて、この主人公の不幸な結末を想像してしまいますが、みなさんはいかがでしょうか。あるいは、ひょっとしたらこの鳥は、主人公の期待に応えることができたのかもしれません。そしてこの問いがもう一度思い起こされます。「おまえは我々の世界で何をしたいのか？」

10 物語の時制

女中が馬丁のもとに行った。すると馬丁は女中を抱きしめ、自分の顔を女中の顔に押し当てる。

すると彼はそのまま理解し、おとなしくなった。

『田舎医者』

カフカの『田舎医者』は、時制の使用が特徴的です。物語の内容については、第五章を見てください。『田舎医者』は、過去形と現在形の時制の転換によって主人公の「私」の意識の変化が巧みに表現される、興味深い作品と言えます。具体的に見ていきましょう。

一つ目に引用した箇所では、女中が馬丁に近づいたところまでは過去形で書かれていいます。ところが「馬丁が女中を抱きしめ」以降は現在形になっています。これは「私」にとって心理的にショックな事態であり、語り手でもある「私」の意識が、今まさに起こっている現場へと移った結果だと捉えることができます。

二つ目の引用は、作品の後半の箇所になります。ここでは、臨場感のある現在形で表現する語りから距離をおく過去形に一旦もどります。病人である少年と「私」との現在形による会話の後、過去形にもどるのです。これは事態が収束して、つまり、往診に呼ばれた原因である病気の件が落着したので、現場の緊迫感から距離をおく報告が可能になったからだと解釈できます。

物語は過去形で語られるのが一般的ですが、この物語のように、語りの中に現在形が介入してくると、その場面は語り手の思い入れが強くなることが分かります。距離のある語りにパーソナルな語りの空間を生じさせる技法と言っていいでしょう。ここに引用した箇所以外にも、現在形と過去形が入れ替わる部分があるので、注意深く読んでみてください。

ii

官僚たちの世界

書記はいっつもとびあがって、口述されたことをキャッチして、すばやく腰かけて、書きとめて、そしてまたとびあがって……ってしなきゃいけないんですって。

『城』

「カフカ指数」というものをご存じでしょうか？　二〇〇六年にフランスで導入された指数で、申請の手間や許認可に要した時間など役所の非能率ぶりを一〇〇段階で示すというものです。こんな名称に使われるほど、カフカと言えば「官僚組織と戦う主人公」というイメージは浸透しています。『訴訟』のヨーゼフ・Kもそうですし、『城』のKもそうです。そして彼らが対峙する官僚組織はというと、一言でいえば理不尽のかたまりです。

とりわけ『城』に描かれる官僚組織はその最たるものでしょう。Kは招聘されてやってきた測量士で、城の役所にも認められたのに、職場となるはずの村に仕事はないと言われてしまいます。村長が言うには、測量士招聘の話は一度あったものの、とっくの昔に断ったとのことですが、それを証明するような書類は行方不明です。上司として名前が挙がっている城の役人クラムに会うこともできず、ただよく働いてくれているというお褒めの言葉が手紙で届きます（当然Kは仕事をしていません）。城の役所に行きさえすれば何もかも解決しそうに思えるものの、なぜか城にはたどり着くことができません。たらい回しどころか、訴えることすらできない状況なのです。

複雑怪奇な手続きに見つからない書類、会えない担当者、そして過ちを認めない役所と、まるで官僚組織の理不尽な点を煮詰めたようなものが城の役所なわけです。役人たちも役所に負けず劣らず奇妙です。引用した部分は、使者のバルナバスが見たという城の役所の様子を、Kが彼の姉のオルガから聞いたものです。その部屋では、本を読みながら口述する役人の言葉を書記が書きとめています。ところが、役人たちの声があまりにも小さいので、その声を聞きとるために書記たちは椅子からとびあがらなければならないというのです。他にも、とある役人の部屋では壁という壁に書類の束が積み上げられており、役人が書類を引き抜くたびに書類の柱が崩れる音が聞こえてくる、などなど。ここまでくると、シュールを通り越してコミカルで、まるでマンガのキャラクターのようですよね。

『城』において、主人公Kは官僚組織を自分が戦わなければならない相手として明確に意識しています。官僚組織との戦いというと、組織の腐敗と戦うと思ってしまいがちですが（『訴訟』ではそんなセリフも出てきます）、Kが対峙しているのはむしろ官僚組織という機構そのものです。ひょっとするとその背景には、行き過ぎて複雑怪奇になっていたハプスブルク帝国の官僚制度があるのかもしれません。もっとも、『城』が執筆されたのは一九二二年で、すでにチェコスロバキアの時代になっていましたが。役所というものの近寄りがたさ、見通しがたさが、カフカの作品では戯画化されています。その結果、もはやカフカ作品においては、官僚組織がある種のファンタジー空間になってしまっているのです。

12

カフカの予言?

予言にいわく、しかるべき年月の後、閣下は蘇り当家より信奉者を率いて植民地を再び支配するであろう。信じて待て!

『流刑地にて』

『流刑地にて』には、異様な処刑の有様が何ページにもわたって詳細に描かれています。囚人は判決を知らないまま処刑台に乗せられ、身体に判決文を刻み込まれて、文字通り身をもって自分の罪を認識し息絶えるのです。この残忍な裁判・処刑システムを考案し、推進してきたのが引用の予言にある「閣下」です。このように呼ばれる老司令官はすでに亡くなっていて、いまや新しい司令官の下で、近代的な裁判システムに変わろうとしています。ところが、主人公の旅行者が物語の最後に案内された墓には死んだ老司令官の蘇りが予言されていました。

この予言をどう読み解けばいいのでしょうか。ユダヤ人思想家ハンナ・アーレントは「〈流刑地〉の恐怖はガス室のリアリティによってその直接性をまったく失っていない」と書いています。「ガス室」という言葉から、彼女がナチスによる蛮行を想起していることは明らかです。『流刑地にて』で描かれた恐怖が、ガス室で現実のものとなったのです。ナチ政権といえば、第一次世界大戦後の、当時もっとも民主的と言われたワイマール憲法下で大衆の熱狂的な支持を得て生まれたものでした。近代的な憲法を持つ社会に、ナチスの前近代的野蛮が蘇ったのです。一九二四年に亡くなったカフカは、もちろんナチスもガス室も知りません。アーレントはそんなこと百も承知で、あえて作品をホロコーストと結びつけてみせました。

野蛮を脱したかにみえる近代社会の中にも「老司令官」の種子は常に存在し、隙あらば蘇り、毒の花を咲かせようとしています。それは二十一世紀の今も同じであることをわたしたちは知っています。墓石の不気味な銘文をそのように読むとき、予言は今なお的中し続けているのです。

iv

こんなカフカ、あんなカフカ

作家の素顔に驚愕する

I

権力のありか

今おまえを溺死の刑に処す！

『判決』

「父は息子の乗り越えるべき壁」とはよく言いますが、皆が皆乗り越えられるわけではありません。そう、カフカにとって父親は巨大すぎる壁だったようです。カフカの父は成功した叩き上げの商人で、小説など息子のほんのお遊びとしか認識していませんでした。それに対しカフカは、自分は単なる文学好きなのではなく、自分が文学なのだ！と考えていました。自分のすべてが文学から成り立っていると。でも父は全く理解してくれない。またその一方、カフカはユダヤ人家庭の伝統もちゃんと理解しており、妻を娶り、家を盛り立てていかねばならないとも思っていました。しかし書く時間を奪われることが我慢ならないカフカにとって、結婚とは書くことへの妨げに他なりません。書くことか、結婚・生活か。大いなるジレンマです。こうした「父と息子」の関係や「書くことと生きること」をめぐる問題は二九歳のカフカにとって人生における大問題でした。

この物語の献辞に「Ｆに」とありますが、Ｆとは『判決』執筆の約一カ月前に知り合ったベルリンのユダヤ人女性フェリーツェ（フェリス）・バウアーのことです。彼女と出会ったことでカフカのなかで結婚が現実味を帯びたのでしょう。この作品にはカフカのそうした葛藤が色濃く反映されているようです。じつはカフカ自身、日記で、自分と主人公の名前、およびバウアーと主人公の婚約者フリーダ・ブランデンフェルトの名前を比べて、この作品と自分との関連性を確認しています。

『判決』の登場人物は若き商人のゲオルク・ベンデマンと引退した父親です。ロシアのペテルブルクにいる友人に婚約を知らせる手紙を出そうと思うと言ったゲオルクに対し、父は「おまえにペテルブルクに友人などいない」と主張します。つまり二人はこの友人をめぐって対立するのです。

さて、父と息子の争点である友人とは何なのでしょう。ここでこの物語を書いた当時、カフカと父親との間で大いなる意見の相違があった、カフカにとっての大問題が思い出されます。そう、「書くこと」か、「結婚・生活」か、です。

ゲオルクが結婚を考え商売に精を出す自分、つまり「生活」を表すとしたら、遠い地で一人孤独に暮らす友人とは文学に生きる自分つまり「書くこと」を表していると考えることができるでしょう。つまり婚約しつつもこの友人と縁を切ることのできないゲオルクとは、「書くことと生きること」の問題を解決できないカフカ自身と言えるかもしれません。

そしてそんなダメなやつは死刑！と、父からの判決が下ります。

……ひょっとするとカフカ自身、ゲオルクのように罰せられたかったのかもしれませんね。

2

寄生虫みたいな息子と、野蛮人みたいな父親

容赦なく父親は突き進んできて、野蛮人のようにシッシッと声を発するのだった。

『変身』

『変身』は、ある朝突然変身してしまったグレゴール・ザムザと、彼の家族をめぐる物語です。虫に変身した長男に家族は困惑し、直接的あるいは間接的に拒絶します。なかでも父親は、虫の姿の息子を最初に発見した場面から、グレゴールに対して、先の引用のように「容赦なく」接します。

ザムザ一家の家族構成は、父親、母親、グレゴール、妹であり、これはカフカ自身の家族構成と似ています。カフカ一家も両親、フランツ、三人の妹たちから構成されており、特にオットラという愛称の三女とカフカはとても親しい間柄でした。父親との関係は、カフカからすれば良好とはいいがたいものでした。それは父親に宛てた長い手紙「父への手紙」からもうかがうことができます。この手紙の中で、「ぼくは気の弱い子どもでした」と語るカフカにとって、父親の頑丈な体つきは「巨人めいた」恐ろしいものでした。

また、そんな父親の性格をカフカは、「野蛮（wild）」という形容詞で表現します。この「巨人めいた」体格の父親と、貧弱な体を恥じて縮こまる息子という構図を頭の中にイメージしてみてください。その構図は、『変身』で床を這いまわるグレゴールと、それを「野蛮人（wildの名詞形）」のように追い回す父親の対比に似ていると思いませんか？

カフカは特に恐ろしかったエピソードとして、家庭内で頻繁に起こった、とある場面を回想しています。父親は激怒すると、大声をあげながらテーブルの周りをぐるぐるとカフカや他の家族を追い回したのです。そんな時にはいつも、見かねた母親が最終的には助け舟を出してくれたとカフカは綴ります。この一連の家族のやり取りも、作中でグレゴールにリンゴを投げて攻撃する父親と、父親に縋り付いて息子の命乞いをする母親に関係づけて読むことができるかもしれません。

グレゴールが変身するのは「虫（Ungeziefer）」です。これは昆虫全般を指すInsektという言葉とは意味が異なります。Ungezieferには、人に害を及ぼしたり、血液を吸ったりするような「害虫」という意味があります。この言葉も、「父への手紙」の中に登場します。カフカは、自分を「害虫」だとなじる父親を想像するのです。なぜ「害虫」かというと、カフカによれば、父親の脛をかじってばかりの自分はまるで、父親の血液を吸って生きる寄生虫みたいだから、というわけです。そのような父親への「罪悪感（Schuldgefühl）」から、グレゴールは「害虫」に変身したとも考えられます。また、その「罪悪感」を、家族がグレゴールに隠していた「負債（Schuld）」（ドイツ語では罪悪と負債は同じ単語）の存在とも関係づけて読む解釈も存在します。

『変身』では、最後には家族から事実上世話を放棄されたことと、父親に負わされた傷が原因でグレゴールは息を引き取ります。カフカの父親との伝記的な背景と結び付けたり、悲しい結末にフォーカスしたりして本作品を読むと、『変身』は父親や家族に対する非難の手段として書かれたのかとも考えられます。しかし、グレゴールが息を引き取る場面では、このように記されます。「彼は自分の家族を、感動と愛情をもって思い返した」。この一文を、作家自身と結び付けて伝記的に解釈するなら、家族に対してはもちろん、父親に対するカフカの愛情も垣間見ることができるような気がします。

3 女性たちの影

どうも俺は女性の助力者ばかり募っているぞ。

『訴訟』

『訴訟』で主人公のヨーゼフ・Kが巻き込まれる訴訟は、普通の裁判ではなさそうです。誰が何を訴えたのかすら、さっぱりわかりません。それでも訴訟をどうにかしようとするKに対して、さまざまな人物が手を差し伸べます。おじはKのためにわざわざ田舎から出てきて弁護士を紹介しますし、仕事相手の工場長は裁判所に伝手のある画家ティトレリを紹介してくれます。けれども、Kが助力者として思い浮かべるのは女性たち、ビュルストナー嬢、廷吏の妻、そして看護師レーニだけです。

なぜ女性ばかりが取り上げられるのでしょう。『訴訟』執筆の直前に起きた事件と何か関係があるのでしょうか。この事件とは、フェリーツェ・バウアーとの一回目の婚約破棄です。長く文通を続けていたカフカとバウアーは、一九一四年六月にようやく婚約しました。ところがなんとその一か月後に破棄してしまいます。理由はカフカの不誠実さ。バウアーの友人グレーテ・ブロッホとの関係を疑われたのです。彼は七月一二日にベルリンのホテルに呼び出され、そこでバウアーとブロッホ、二人の女性に糾弾されました。のちにカフカはこのできごとを「法廷」と呼んでいます。法廷と訴訟、どちらも法律関係の用語ですね。このような用語の類似などから、「法廷」が『訴訟』執筆のきっかけになったのではないかと言われています。

「法廷」を連想させるものは登場人物にも見られます。たとえばビュルストナー嬢の名前は、手書き原稿ではしばしばF．B．と省略されています。これはフェリーツェ・バウアーのイニシャルと同じです。また、ビュルストナー嬢の友人として出てくるモンターク嬢は、その役回りからグレーテ・ブロッホを連想させます。

生涯独身を通したカフカですが、何度も結婚を試みています。バウアーとは二度婚約していますし、婚約破棄後もユーリエ・ヴォホリゼク、ミレナ・イェセンスカー、ドーラ・ディアマントといった女性たちとの結婚を考えていました。バウアーとの出会いが『判決』につながったことは有名ですが、彼の作品の陰には必ずと言っていいほど女性たちの姿があります。カフカはコンスタントに書く作家ではなく、多作な時期とそうでない時期がはっきりとしています。そして、多作な時期というのはほぼ例外なく女性と付き合いのある時期です。彼女たちはカフカが作品を書くいわば原動力だったのです。

4

その話し相手、本当に本人ですか？

どうしてよそ者ですら、たとえばゾルディーニに電話をかけたとして、話している相手が本当にゾルディーニだと信じることができるのか、わしには分からんね。『城』

みなさんは携帯電話を持っていますか？　今では一人一台持っているのが当たり前のようになりましたね。電話が発明されたのは十九世紀中頃、『城』が書かれた一九二二年当時はまだまだ一般家庭にあるようなものではなく、『城』でも主人公Ｋが宿屋に備え付けられた電話に驚く場面があります。ところがこの電話、非常に変わっています。村人の説明によると、「城との決まった電話回線はなく、交換台もありません。ここから城の誰かへ電話すると、あちらでは下級部署の全ての電話機が鳴る」そうです。どこにつながるのかは不明、しかも、電話を取ってもらえるかどうかは運次第で、運よくお目当ての人物につながったとしても、それが本人とは限らない。しかもそれがよそから来たばかりのKならなおさらのこと、自分の話している人物が当人だとどうやってわかるんだ！というわけです。役所としてそれってどうなの、と思ってしまいます。

この場面をはじめとして、『城』には電話や手紙といった通信手段やそれに関する話題が多く出てきます。おそらくその背景にはカフカが相当な手紙魔だったことがあるでしょう。特に婚約者だったフェリーツェ・バウアーには一日に数回書くことも多く、返信を受け取る前に書くこともしょっちゅうありました。しかもその手紙の内容というのが手紙に関することで、返信を書く暇がないんじゃないかというのは序の口で、手紙が途中で行方不明になっているんじゃないか、家ではなく職場に送ったんじゃないか、といった不安が際限なくつづられているのです。ちなみにバウアーの仕事は、今でいう留守番電話のセールスでした。こんなところにも通信が関係しています。

そんなカフカですが、「自分の人生のあらゆる不幸は、手紙あるいは手紙を書くことができるということに由来している」として、「遠くにいる人を思うことはできるし、近くにいる人を捕まえることはできる。それ以外のことは人間の力を超えている」と、あるとき手紙に書いています。遠くの人とのやりとりはどうしても通信手段を用いた間接的なものになります。そういうものは当人とではなく、「幽霊とのやりとり」だと主張するのです。そんなことを手紙に書くのですから、ひねくれていますね。

『城』は通信の物語です。それも、通信の失敗の物語です。もちろん、物語の中心となっているのは、主人公Kがあの手この手で城へ行こうとする話です。ですが、城へ直接行くことができない以上、実際に取り上げられるのは城と村をつないでいる手段、つまり通信となります。主人公だけでなく、使者の問題や作品のかなりの部分を占めるアマーリアの物語も、通信と深く結びついています。『城』は通信に対するカフカの不安が作り上げた物語と読めるのです。そしてこの不安は現代の私たちとも無関係ではありません。確かに昔はインターネットもなかったですし、通信の仕方は大きく変わりました。それでもやっぱり間接的なやりとりだからこそ、詐欺なんかも発生するわけです。ですのでみなさん、気をつけてください。あなたがやりとりしている相手、それって本当に本人ですか？

5

健康マニア、カフカ

自分の口に合う食べ物を見つけることができなかったからなのです。

『断食芸人』

引用は、主人公の断食芸人の最期の言葉です。人々から忘れ去られた檻の中で、ひとり断食芸を続けていた断食芸人ですが、サーカスの管理人に発見された時には、衰弱しきっていました。その時、なぜ断食するのかと尋ねる管理人に対して、断食芸人が答えたセリフです。

カフカの作品では、断食のモチーフがたびたび登場します。『ある犬の探求』では、主人公の犬が「耐え抜けるかぎり、完全に断食する」ことを決行します。また『変身』では、グレゴールは自分の口に合う食べ物を見つけられずに、飢えてしまいます。

こういった断食のモチーフは、カフカ自身が食に対して抱いていた特別な考え方や、健康に関する意識と結びつけて解釈されることがあります。カフカは健康マニアでした。特に若いころはスポーツ愛好家であり、ボート、水泳、ハイキング、乗馬といったように、熱心に運動に取り組んでいたことが知られています。ちょっと意外かもしれませんね。

有名な話では、カフカが家族や恋人にも勧めていた一風変わった体操があります。真冬であっても窓を全開にして、全裸で十五分間体操するというものです。これはミュラーという人物が考案した当時人気の体操で、カフカは毎日欠かすことなく、長年この体操に励んだといわれています。ちなみに『この人、カフカ？』という先行研究によりますと、この体操に関する家族や恋人へのカフカの宣伝は、妹のオットラ以外にはうまくいかなかったようです。

また、食事に関しては、カフカはもともと食が細く、肉よりも菜食を好んでいました。そんなカフカですが、屋外での日光浴や、健康的な食事療法などを実践するサナトリウムでたびたび過ごすうちに、ベジタリアンとなりました。サナトリウムとは心身を休めて療養したり、病気を長期治療したりするための施設のことです。一九一七年に結核の診断を受けていたカフカは、周囲の人々から病気が悪化しないか、栄養不足に陥りはしないかと心配されますが、ベジタリアンであることにこだわり続けました。

病気のような身体に関するものは、本来コントロールすることが不可能です。精神力で病気を治したりすることは、通常は無理ですよね。食欲もそうです。食欲を過剰に抑圧し続けてしまうと、断食芸人のように徐々に衰弱してしまいます。食事や健康に対するカフカの意識は、ともすれば強迫的ともいえるようなものでした。なぜカフカは、そこまで自分の体をコントロールしようとしたのでしょうか。

カフカはもしかすると、自分でコントロールできない事柄に対して、不安を抱いていたのかもしれません。そのコントロールできない事柄の中に、自分の体や健康が含まれていたとも考えられます。また、このような不安は、結婚に対する恐れとも関連づけることができそうです。結婚は他者との生活を意味します。そして他者は、完全にはコントロールできないし、他者との未来は、独身で生きるよりもずっと不確定なものとなります。

断食芸人は、本当に自分の口に合うものが見つからなかったという理由だけで、断食していたのでしょうか。コントロール困難なものの象徴である食欲という本能を、意思の力で抑えることで、制御できないものへの不安を鎮めたかった。作家の身体に対するこだわりと重ねて、そのような読み方も可能なのかもしれません。

6

猫と羊のアンビバレント

わたしは半分子猫で半分が子羊という、風変りな動物を一匹飼っている。

『雑種』

冒頭からへんてこな生き物が登場する物語『雑種』です。頭と爪は猫で、胴と大きさは羊というこの動物は、当然カフカによる想像上の動物です。この動物がどうやって生まれたのか、飼い主は知りません。ただ、この動物は「父親からの相続物」であり、相続してからこのように勝手に成長したと説明されます。「猫からは逃げ出して、羊には襲い掛かろうとする」というこの動物は、狩りを好む猫の本能と、羊の弱さを備えています。また、猫も羊も仲間として認める様子は一切ありません。「近い血縁のものはおそらく誰もいない」という動物が、飼い主だけを忠実に慕う姿が描かれます。結構かわいいので、読んでみてください。

『雑種』の解釈の中には、この動物が「父親からの相続物」という点から、カフカ自身が両親から受け継いだ、相反する性質を表しているとするものもあります。カフカの父親ヘルマン・カフカは、頑丈な体とマッチョな精神を備えた人物でした。ちなみにマッチョとは、単なる筋肉ムキムキの人を指すのではなくて、肉体も含めた精神的な男らしさを信奉する態度や考え方のことを指す言葉なんですよ。

さて、一方母親のユーリエ・カフカは内向的な芸術家気質の筋だったといわれています。カフカの性格や神経質さは母親譲りとされ、父親とは相いれなかったようです。とはいえ、大事な一人息子のカフカに父親は望むものを買ってあげるなど、甘い一面もあったということなので、親子関係とは複雑なものですね。

父親が闘争的な狩猟動物としての猫のイメージだとすれば、母親は生贄のシンボルでもある草食動物の羊のイメージでしょう。しかし気になるのは、狩猟動物としてとらえるには猫はあまりにもペットのイメージが勝る点です。逞しさと商売の才能を備えたヘルマン・カフカは猫というより、むしろライオンのような強い生き物を連想させます。でも、この動物は、「半分子猫」なのです。もしかすると、父親の性質がひ弱なカフカに相続された時点で、本来はライオン的だった父親の要素が、「子猫」になっちゃったのかも。

ここまでをふまえて、最後にもう少しこの解釈を広げてみましょう。この動物は、「猫の不安と羊の不安という、互いに全く別種である両種の不安を内に抱えている」とあります。「だからそいつにとっては自身の肌が窮屈すぎる」として、両方の性質をひとつの体に宿すことに苦労していると飼い主は考えるのです。父親と母親、猫と羊、これらの対置が表すものは、一言でいえばアンビバレントです。アンビバレントとは、何かの物事に対して、まったく正反対の考えや感情を同時に抱くことを指します。

カフカは作家として大成功して、世に名前を残したいという願望を抱く一方で、死後に原稿を全部燃やしてほしいという、相反する願望を抱いていました。また、父親の強さに憧れる一方で、食欲や本能的な欲望を嫌悪するなど、生涯アンビバレントな思いに悩まされました。

このようなアンビバレントと無縁な人間など、実はこの世には存在しないのではないでしょうか。愛情と憎しみを同時に抱いたり、何かに興味を覚える一方で、不安を抱いたりといったことは日常的に起こりうることだといえます。また、ある場面では積極的でも、別の場面では消極的になってしまうというように、自分の中に相反する人格が存在しているように感じることもあるでしょう。

人間も含めて、生き物の性質というのは実のところ、猫、羊というようにひとつの性質できっぱりと分けてしまうことができるものではないのかもしれませんね。

7

ここで、ハサミ？

このハサミでやつらアラビア人の首を切り落としてくだされ！

『ジャッカルとアラビア人』

引用は、とあるオアシスで休んでいた旅行者の「わたし」が、群れを率いる一匹の老ジャッカルから、アラビア人との長年にわたる確執を聞かされた挙句、「ずっとおまえさんを待っていた、アラビア人を殺してくれ」と頼まれるクライマックスの場面です。この直後、キャラバンの案内人のアラビア人が出てきて、今の話はジャッカルたちがヨーロッパ人に対して毎回行うお芝居なのだと明かされます。

さて、この物語では動物であるジャッカルが人間と会話することに「わたし」は驚いていません。このような物語はイソップやグリム童話などでお馴染みの動物寓話というジャンルになります。寓話というのはたとえ話です。では、この物語のジャッカルとは何を表しているのでしょう。何の予備知識もなく読むと、この話、何のことやらサッパリ分からないのではないでしょうか。

でも作者カフカがユダヤ人であることや、この物語が書かれた一九一七年当時のユダヤ人の状況、つまりシオニズム運動が盛んだったことなどを知っていれば、こう考えることもできるでしょう。もしかしてジャッカルとはユダヤ人のことなのでは？　そう考えると、この物語からパレスチナにユダヤ人の国を作ろうと画策していた当時のユダヤ人の状況を読み取ることもできるでしょう。また救済者を待ち続けるジャッカルの姿に、ユダヤ教のメシアニズムを見ることもできるかもしれません。

ところで、なぜアラビア人を殺す道具が、剣や銃ではなく「ハサミ」なのでしょう。そもそもハサミは人殺しの道具ではありません。不思議に思いませんか？　ここでこの物語が寓話であることに立ち返ります。動物寓話やメルヒェンにおけるハサミで思い出すのが、グリム童話の『七匹の子ヤギ』や『赤ずきん』。どちらの話でも子ヤギたちや赤ずきんとお婆さんは、狼に食べられてしまいます。ですが最後にはお母さんヤギや猟師が狼のお腹をハサミで切って助け出します。つまりこうした童話におけるハサミとは、救済のアイテムとして登場するわけです。

さてこの物語では、ジャッカルたちの救済となるべきハサミは小さくて錆びていて何もできません。つまりジャッカルをユダヤ人とすれば、ユダヤ人は救済されないということになるでしょう。

誰もが知っている童話の夢のような救済アイテムだからこそ、カフカを経由した変形は、恐ろしくシニカルに響くのです。

8

ぼくはどうして
こんなに嫌われるんだろう？

きっとぼくの生のあらゆる部分が彼女にはイヤなんだろう。

『小さな女』

プラハに生まれプラハの大学に通いプラハで役人勤めをしていたカフカですが、その死の直前一九二三年九月から翌二四年三月まではドイツのベルリンで、ドーラ・ディアマントという若い東方ユダヤ人女性と二人で暮らしていました。短編『小さな女』はこのベルリン時代に書かれたものです。物語は一人称の語り手「ぼく」に対して常に不満がある「小さな女」という人物についての考察で、一見するとただ「ぼく」を嫌う小さな女への愚痴が並べられているだけのようにも見えます。

伝記的に見ると、この小さな女はカフカがベルリンで最初に借りた部屋の家主だと言われています。それではこの物語は、実際の家主とカフカの対立が描かれているのでしょうか。いえいえ、ストーリーを追ってゆくと、「小さな女と自分」の関係から次第に世間や大衆といった「社会と自分」の関係へと、話の論点が移っていくことが分かります。つまりこの物語は「社会」が問題とされているのです。

では、この当時カフカが直面した社会、つまり当時のベルリンとはどのような社会だったのでしょう。一九二三年のベルリンは、サイレント映画やキャバレー、表現主義芸術など華やかでモダンなワイマール文化が花開く一方、経済が破綻し、インフレで物価は高騰、食糧難で、失業者は増大、経済混乱と社会不安の渦巻く不穏な街でした。ヨーロッパでは昔から社会が不穏になるとユダヤ人へ悪感情が向かうことが多々ありました。それはやがてヒトラーの出現とユダヤ人大虐殺へと繋がるのですが、この時代のベルリンではじわじわとそうしたユダヤ人嫌悪が大きくなりつつあったのです。ユダヤ人であるカフカはそうしたベルリンで何を思ったでしょう。

どうしても何をしても嫌われる存在そのものへの嫌悪。どうしてこんなにも嫌われるのか。

カフカが「小さな女」に代表させているのは、ベルリンでじかに感じた高まりつつあるユダヤ人嫌悪の時代感情、そうした「自分に向けられる敵意」と読むことができるでしょう。

9

歌うねずみとユダヤ人

なにしろ我々はまったく非音楽的なのだ。

『歌姫ヨゼフィーネあるいはねずみ族』

引用したのは『歌姫ヨゼフィーネあるいはねずみ族』（以下『歌姫ヨゼフィーネ』）という作品。主人公も語り手もそれ以外の者も皆ねずみなので、当然ながら引用文の「我々」もねずみのことです。ねずみというと、あまりいいイメージのある動物ではありませんね。何度もペストの流行にみまわれているヨーロッパでは、病気を媒介したねずみは嫌われ者の筆頭です。なぜそんな動物を物語にしたのでしょうか。それに、ねずみの歌姫が主人公とはいえ、普通の動物は歌わないですよね（十九世紀のサーカスには「歌うねずみ」がいたらしいですが）。なぜわざわざねずみの「非音楽性」を言う必要があったのでしょうか。これらの問いに、執筆当時にカフカが置かれていた状況や時代背景から迫っていきたいと思います。

『歌姫ヨゼフィーネ』はカフカ最後の作品です。一九二四年三月にベルリンから引き上げてプラハに移った頃に書かれました。ベルリンを離れた理由は病状の悪化。四月の初めにサナトリウムに入ったカフカは回復することなく、約二か月後の六月三日に亡くなりました。

最晩年のカフカは喉頭結核のせいでのどの痛みがひどく、食べるのにも苦労するほどだったようです。そんなころに書かれた『歌姫ヨゼフィーネ』ですが、こんなカフカの言葉が伝えられています。「僕はいい時期に動物のちゅうちゅうという鳴き声の研究を始めたと思うよ。たった今、それについての物語を書きあげたんだ」。咳が止まらずにのどがひゅうひゅうと鳴る、そんな病状が「ちゅうちゅうという鳴き声の研究」になったというわけです。ということは、ねずみはカフカ自身を表していると言えそうです。ねずみが「非音楽的」だという主張もカフカとの関連づけを後押ししてくれます。カフカには自分が非音楽的だという自覚がありました。「僕の非音楽性の核心は、音楽をひとつのまとまりとして享受できないことにある」と、あるとき日記に書いています。

けれども、もしねずみがカフカだとすると、ねずみ族ではなく一匹のねずみについての物語になりそうです。ですが、この物語ではねずみ族全体もテーマになっています。どういうことでしょう。これには当時のユダヤ人に対する言説を知る必要があります。十九世紀のドイツ語圏では、国民国家を建設しようとするナショナリズムの運動が起こりました。国民国家の原則は「一民族一国家」。そんななかでドイツのユダヤ人は、たとえ先祖代々同じ場所に住んでいたとしても、よそ者、それも社会に寄生する存在とみなされました。「寄生」する動物、この本のどこかで見た覚えがありませんか？　そう、『変身』の冒頭に出てきた語、Ungezieferの代表格がねずみです。ユダヤ人を表す単語もねずみを連想させました。ユダヤ人の蔑称Mauschelや、ユダヤなまりのあるドイツ語をしゃべることを意味するmauschelnという動詞。これらの語はユダヤ人に多い名前モーゼス（Moses）に由来していますが、どちらもねずみ（Maus）という語を含んでいます。

ねずみがユダヤ人の比喩だとすると、「非音楽的」という特性はどこからきているのでしょうか？　ユダヤの音楽というと、ユダヤ教の礼拝で歌われる歌もありますし、東欧ユダヤのクレズマーのような民族音楽もあります。メンデルスゾーンのような有名なユダヤ人音楽家もいますし、カフカの友人ブロートは作家兼作曲家でした。民族全体が非音楽的とは言えないように思いますが、そんな主張をしたある有名音楽家がいたのです。誰かというと、リヒャルト・ワーグナーです。反ユダヤ主義者だったワーグナーは、自分の著書の中でユダヤ人の非音楽性を強く主張しました。そんな彼の主張は当時広く知られていたのです。

おそらくですが、当時の人々が『歌姫ヨゼフィーネ』を読むと、ユダヤ人を描いたものだとすぐに分かったのではないかと思われます。カフカはユダヤ人でしたが、作品の中でほのめかすことはあっても、はっきりと「ユダヤ」という語を使うことはまずありません。『ジャッカルとアラビア人』でも、ユダヤに関する記述は気づかなければ見逃してしまいそうなものです。そのカフカにとって、ねずみを描いた物語はかなり直接的にユダヤを扱ったものだと言えるでしょう。ユダヤ民族とユダヤ人芸術家としての自分を正面から扱った最初で最後の作品、『歌姫ヨゼフィーネ』にはそんな側面もあるのです。

V

こんな終わり、あんな終わり

結びの一文に絶句する

この瞬間、橋の上にはまさに終わることのない往来があった。

『判決』

『判決』は謎めいた一文で終わります。主人公ゲオルク・ベンデマンは、父親から突然溺死刑を宣告されて家を飛び出し、家の前の川に架かる橋の欄干を乗り越えた後、手すりから手を離します。それに続くのがこの一文です。

「往来」の原語はVerkehrで、これは人や物の移動を表し、「交通、往来、交際、交流、流通」など、幅広い意味を持ちます。橋の上はひっきりなしの「往来」があり、人々が行き交うまさに「交流」の場です。そこから手を離したということは、社会的な「交流」の場からの離脱を意味します。そうやってゲオルクは自ら死刑を執行しました。一方で、往来は変わることなく続きます。カフカの作品には、主人公の死と他者の生とが対比される形で終わる作品がありますが（『変身』『断食芸人』など）、この作品はまさにその先駆けともいえるでしょう。

カフカはこの物語を、一九一二年九月二二日の夜から二三日早朝にかけて、一夜にして書き上げました。ゲオルクの死の瞬間は、まさに作品が誕生した瞬間でもあるのです。カフカはこの最後の一文を書いたときに射精のことを考えたと友人に語っています（Verkehrは婉曲的に「性交」も意味します）。作者カフカとつなげてこの一文を解釈するならば、「終わることのない往来」とは創作のエネルギーであり、この一文を書いた瞬間、カフカはまさに尽きることのないそのエネルギーを感じたともいえるでしょう。実際カフカは執筆直後、日記にその喜びを書きつけています。

さて、ここまではゲオルクは死んだと当たり前のように書いてきましたが、ゲオルクは本当に死んだのでしょうか。作中には、ゲオルクが橋の手すりにつかまっていた手を放して下へ落下したこと、その瞬間に橋の上に途切れることのない往来が続いたこと、それしか書かれていません。つまり、ゲオルクが死んだとははっきりとは書かれていないのです。ゲオルクは体操が得意でした。父親はゲオルクのことを悪ふざけが好きだったと言います。

だとすると、こんな読み方も可能になります。悪ふざけが好きなゲオルクは、読者をも欺き、川にきれいに着水した、あるいは泳いで渡った、と。こう解釈することで、悲劇的なだけではないゲオルクの別の一面を読み取ることもできそうです。様々な読みが可能であること、これもカフカ文学の魅力の一つですね。

2

ヨゼフィーネはしかし地上の軛から解放され、わが民の数えきれぬ英雄たちの中に晴れ晴れとして消えて行き、彼女のすべての兄弟たちと同じように高く救済されてすみやかに忘れられていくだろう。

『歌姫ヨゼフィーネあるいはねずみ族』

カフカ最後の作品の、最後の一文です。ヨゼフィーネはねずみ族の一員。働き者の一族の中にあって労働を嫌い、もっぱら歌うこと、つまり芸術を自らの使命と自負しています。歌い始めると皆が集まってきて彼女の渾身のパフォーマンスに聞き入ります。ですが、その歌声は他のねずみたちのちゅうちゅう鳴く声とそれほど違いがあるようには思えません。ヨゼフィーネの歌は実のところただねずみが鳴いているだけなのではないか——語り手はそういう疑念をぬぐい去ることができません。

カフカは自分こそが新しい文学を作るのだという自負と、自分の書くものは落書きにすぎないという自己否定との矛盾する気持ちを抱えていました。ヨゼフィーネの歌に「私たちがこれまで聞いたことのない何か」を感じながらも、「一体これは歌なのか？」と疑問に思わずにはいられない語り手のナレーションの内に、自らの文学に対するカフカの揺れ動く自問が重なって見えるのではないでしょうか。引用した最後の文にも「英雄」と「忘れられていく」とが同居しています。

物語の後半、ヨゼフィーネが姿を消したとき、それまでの皮肉めいた冷静な語り手のナレーションが一瞬揺らぎ、「奇妙だ、なんという計算違いをしているのだ、あの賢い娘が」と取り乱した地声を発します。この歌姫の物語を書いたとき、カフカは結核の進行により喉を侵され、ほとんど声を出せなくなっていました。そして書き終えると、忽然と姿を消したヨゼフィーネに寄り添うように、ほどなくこの世を去りました。

3

電車が目的地に着くと、娘が最初に立ち上がり、若々しい身体を伸ばした。

『変身』

『変身』は、冒頭もそうですが、最後の場面もなかなかぎょっとさせられます。ここにグレゴールはもういません。昼の暖かい光に包まれるなか、残った三人の家族は電車に乗って出かけます。

グレゴールの変身はほかの三人の変身でもありました。以前はグレゴール一人が働いて家族を支えていましたが、彼の変身後、父親は銀行の用務員、母親はお針子、そして妹のグレーテは店員として働き始めます。グレゴールの存在を隠しながらなんとか生きていかなければならない、お先真っ暗……。と思いきや、グレゴールの死後に状況は一変します。車内で初めてお互いの現状を報告しあった三人は、それぞれが好条件で働いていることを知ります。グレゴールが選んだ今の住居から引っ越しさえすれば、先の見通しが非常に明るいことが判明するのです。経済的にもグレゴールに頼ることがなくなり、そして引っ越しまで考えている三人の様子は、まるでグレゴールなど初めから不要だったと言わんばかりです。こんな話をしているうちに、両親は、娘がいつの間にか美しく成長していたことに気が付き、娘のために立派な男性を探す時期が来たと考えます。目的地に到着したところで、立ち上がった娘を見上げる両親の目には、昼の光を浴びた若々しい娘がまぶしく映ったことでしょう。

主人公グレゴール不在の、家族にとって希望に満ちた結末は、どのように捉えたらいいのでしょうか。同じ兄妹でありながら、これまで家族のために尽くしてきた一方は労われることもなく変身して忌み嫌われ、もう一方は明るい未来のために家族が尽力しようとしています。暖かな光の中で身体を伸ばす娘の、一枚の写真のような終わり方と、ベッドの中で気味悪く変身していた冒頭のグレゴールの様子は対照的です。若く健康な身体を持つ妹には、電車の目的地からさらに先へと自分の足で進む未来が開けています。不気味な姿に変身した兄は、自由に寝返りを打つことすら困難な身体になりました。狭い部屋に閉じ込められ、その未来は冒頭で既に閉ざされていることが予想されます。

家族とは、グレゴールとは、変身するとは何なのか、いろいろと考えさせられるでしょう。読み手の心の状態も問われそうな、ドキッとする終わり方です。

4

「さあ、もう片づけろ！」。管理人が言って、断食芸人は藁と一緒に埋められた。そしてその檻には若い豹が入れられた。

『断食芸人』

引用は断食芸人の最後の場面です。作品についての説明は第一章を読んでください。かつて人気だった断食芸もいつしか廃れてしまったのですが、断食芸人は断食芸をやめようとはしません。それどころか誰も気に留めないのをいいことに、期限すら無視して、ずっと断食し続けます。彼に言わせると、口に合う食べ物が見つからないので、断食し続ける以外に道がないのです。やがて衰弱しきった断食芸人は、「藁と一緒に埋められ」て、その代わりに若く美しい豹が新たな見世物として登場します。

同じ檻に入れられていても、豹と断食芸人はまるで正反対です。「豹には何ひとつ欠けていない」のに対して、断食芸人には食欲という生命の維持に必要なものすら欠けていました。さらに豹は「自由さえも自らに備えて」いるとあります。本当にそう感じているかどうかまでは確かめられませんが、見物客は豹の姿に「生命の喜び」の焔を感じるのです。生きることに肯定的な豹と、生きることが困難だった断食芸人との違いとは、もしかすると与えられたものや自分の境遇に満足できるかどうかにあるのかもしれません。断食芸人は、世間の風潮に対して自分を曲げることも、折り合いをつけることも不可能でした。自分自身の体とさえ、食欲を放棄したという意味で折り合おうとしなかったのです。その逆に豹は、自分の置かれた環境にうまく適応しています。豹が閉じ込められている檻ですら、豹から自由を奪うことはできないのです。

ある程度の不自由も見て見ぬふりをして、人生を謳歌できるのが豹だとすると、その反対の人物が断食芸人なのでしょう。豹のように生きたくても生きられない人は案外少なくないのでは。見物客の中にもそんな人が存在している可能性だってあります。だからこそ、豹が吐き出す「生命の喜び」は観客を惹きつけると同時に、「見物客たちにとって耐えることが困難なほどの激しい焔」として感じられるのでしょう。

5

「犬のようだ！」と彼は言った。まるで恥だけが生き残っていくかのようだった。

『訴訟』

三〇歳の誕生日の朝に始まったヨーゼフ・Kの訴訟は、きっちり一年後、三一歳の誕生日の前夜に終わります。逮捕のときと同じように、迎えがやってくるのは唐突です。芝居っぽさを感じつつも、Kは二人の処刑人たちとともに処刑場へと向かいます。処刑人たちはKの腕を両側からがっちりと固定して、三人が一塊になって夜の街を歩いていきます。

こんなところもこの裁判所が普通ではないと思えるところです。途中で警察に声をかけられそうになると、Ｋは助けを求めるでもなく真っ先に逃げ出します。そこには裁判所の実効性を疑っていた頃のＫはもういません。そうして郊外の石切り場へと到着し、肉切り包丁で心臓を刺されてＫは処刑されます。いつ判決が下されたのか、死刑になるほどの何をしたのか、一切は不明なままです。

「犬のようだ！」というセリフは、心臓を刺された後のＫの口から発せられます。誰が犬のようなのかはっきりとは言われていませんが、後の「恥だけが生き残っていく」という説明から考えても、Ｋ自身のことで間違いないでしょう。『訴訟』にはほかにも「犬」と呼ばれた人物がいましたね。そう、Ｋの先輩被告人、商人のブロックです。犬に着目して『訴訟』を読んでみると、ちょっとおもしろいことに気づきます。ブロックは「弁護士の犬」と言われていますが、その弁護士はというと「裁判所に犬みたいにへりくだる」のです。ここには、裁判所＞弁護士＞被告人という階層構造と同時に、それぞれが上の相手に対して「犬のように」ふるまうという関係が見て取れます。

そのことを踏まえて、Ｋの最後のセリフについて考えてみましょう。犬というのは人間の相棒として長い歴史を持っているので、その分いろんな意味を持っています。「忠実な」という意味で使われることもあれば、みじめさやあわれさを表すこともあります。たとえばドイツ語では、みじめな生活をすることを「犬のように生きる」といったりもします。「犬のようだ！」が自分の死に対しての言葉だとすると、ここでの「犬」は忠実よりはみじめさを表していそうです。日本語の「犬死に」に近いですね。これが同時に登場人物の関係性を表しているとするとどうでしょうか。弁護士を「犬みたい」と非難したのは、実は被告人のブロックです。そんなふうにKにこっそり耳打ちしながらも、弁護士の前では自分自身が犬のようにふるまいます。そんなブロックをKは「弁護士の犬だ」と馬鹿にしました。しかし今や彼はブロックよりもひどい状態に陥っています。自分自身に向けた「犬のようだ」という言葉は、Kが完全に裁判所の序列に組み込まれたこと、それもブロックよりも下に組み込まれたことを表しているのかもしれません。

6

だまされた！　だまされた！　一度誤った夜の呼び鈴に従ったら、二度と取り返しがつかないのだ。

『田舎医者』

この物語は、ある冬の夜、医者である主人公「私」が、遠く離れた村へ往診に呼ばれるところから始まります。今すぐ行かなければならないのに馬車を引く馬は昨日死んでしまった、どうしようと困っていたら、なんと何年も使っていない豚小屋から見知らぬ馬丁と立派な二頭の馬が出現し、「私」はその馬のお陰で一瞬のうちに患者の家に到着します。患者である少年には腰の辺りに大きなバラ色の傷がありました。少年の家族は「私」を身ぐるみ剥いで少年の寝床に入らせ治療をせまります。「私」は家に残してきた女中ローザが馬丁に襲われる危機的状況を思い出し、彼女を救うため急いで家に戻ろうとしますが、馬は行きの元気はどこへやら、遅々として進みません。そのとき「私」が思うのが、引用の「だまされた！　だまされた！」です。そして「一度誤った夜の呼び鈴に従ったら、二度と取り返しがつかないのだ」という、この物語の要約とも教訓とも取れる言葉で終わります。

この物語、ストーリーもですが、細部もまるで夢の中のようです。たとえば患者のもとへ行こうにも馬がないと思えば、立派な馬が現れ一瞬で到着します。また、裸で患者の横に寝かせられるのも普通ではありません。現実ではありえないことに対して、それがおかしいとは気づかないままどんどん事態が進行してゆくのです。

このように夢の中の出来事の如くストーリーが進む、夢の論理で描かれていると考えられることから、この物語は精神分析学的に解釈されることの多い作品です。その際ポイントとなるのが、少年のバラ色の傷でしょう。ドイツ語でバラ色は「ローザ」と言います。医者が往診に呼ばれた原因である傷と、馬丁に襲われる女中はどちらも「ローザ」なのです。主人公の医者は少年を治療できずに逃げ出します。それでもう一方の女中ローザを救えるのかといえば、そうではありません。結局、どちらも救えない。「私」には「ローザという傷」は救えないのです。

さて、物語のラスト、「私」は「だまされた！」と思うのですが、いったい誰に、何をだまされたというのでしょう。もしくは、なぜ、だまされたと思ったのでしょう。目的地にすぐ着ける元気のいい馬を馬丁から手に入れたと思ったら、ノロノロとしか進めない疲れた馬だったことでしょうか。馬丁がそんな馬のかわりにローザを手に入れたのに対し、自分はローザを失ったうえ、家にも戻れずに彷徨っていることでしょうか。馬にだまされたのでしょうか。馬丁にだまされたのでしょうか。

ところで、もしこれが「私」の夢であるなら、馬のみならず、地下から突然現れローザを襲う粗野な馬丁も、襲われる女中ローザも、そしてバラ色の傷を持ち生まれてきた患者の少年もすべて、「私」の心の奥底から生じた自分自身、つまり医者の分身であるわけです。とすれば、「だまされた！」というのは、まさに自分自身にだまされたということになるでしょう。

そもそも「誤った夜の呼び鈴」がだますものだったのかもしれません。それに従うと大変なことになってしまいます。逃げ出すしかなく、元の状況にも戻れず、どうにも取り返しがつかない。前には進めない、戻るに戻れないというのも、まさに悪夢によくある状況ではないでしょうか。でも、夢の出来事は夢を見ている当人にとっては、まさに差し迫った現実なのです。

7

だがおまえは夕方になると窓辺に座り、死者のメッセージを夢見るのだ。

『皇帝のメッセージ』

「おまえ」って誰？と思いませんでしたか？　最後の文章だけ抜き出しているから変に見えるけれども、「おまえ」って呼ばれる人が登場していたんでしょう、と思った方、残念ながらハズレです。この「おまえ」は物語の最後に唐突に出てきて、しかも名前もなく、いったい誰なのかさっぱりわからない謎の人物なのです。

そもそもこの「おまえ」、なんだか変に感じませんでしたか？　落ち着かないというか、どうにもすわりが悪いというか。小説を読みなれている人ほど違和感を覚えたのではないかと思います。というのも、「おまえ」という語はこの文章ではちょっと変わった使われ方をしているのです。物語の文章は、会話文とそれ以外の語り手が物語る地の文から成り立っています。「おまえ」という語は会話文ではよく使われますが、今回の引用文のような地の文で使われることはまずありません。「おまえ」だけでなく、「きみ」や「あなた」のように、話し手（書き手）に対する聞き手（読み手）のことを二人称と言います。ちなみに、話し手は一人称、それ以外のものは三人称です。ちょっと難しい話になりますが、「私」が登場人物として語る小説のことを一人称小説、登場人物ではない語り手が物語る小説のことを三人称小説というふうに呼びます。地の文で「私は窓辺に座っていた」なら一人称小説、「彼は窓辺に座っていた」なら三人称小説ですね。ところが、二人称小説というのは基本的にありません（現代の作品だとたまにあるのですが、多くは実験的な性格のものです）。それなのに、『皇帝のメッセージ』は最後の一文だけが二人称小説になっているのです。

二人称とは、話し手に対する聞き手のことを指していると説明しました。では、この引用文では誰が誰に話しかけているのか考えてみましょう。まず一つめに考えられるのは、主人公である使者が、これまで登場していなかった人物に語りかけている可能性です。これはちょっとなさそうです。使者が語りかけているのであれば会話文になるはずですが、引用文は地の文です。二つめは、語り手が未知の登場人物に語りかけているという可能性。これはありえそうですね。ただしそうすると、語り手は誰なのかという問題が出てきます。この物語は三人称小説で、「私が語り手です！」という人物が登場しません。いない人物が誰かに話しかける……どうやらこれも考えにくそうです。

ちょっと手詰まりなので、ここで視点を変えて、二人称を使った地の文が不自然ではない文章というのを考えてみましょう。つまり、小説以外ということになります。思いつきましたか？　たとえばですが、手紙ならどうでしょう。書き手である一人称の「私」は、手紙を受け取る相手に「きみ」や「あなた」といった二人称で呼びかけることになります。『皇帝のメッセージ』の最後も、一種の手紙だと考えてみたらどうなるでしょうか。『皇帝のメッセージ』は作家カフカによって書かれた作品です。では、手紙を受け取る相手は誰でしょうか。未知の登場人物ではなく、この場合は実際に作品を読んでいる人ということにならないでしょうか。つまり、私たち読者です。死んだ皇帝のメッセージを待つ「おまえ」の姿は、すでに亡くなった作家の書いた作品を読む私たちの姿に重なるのです。

8

ゲルステッカーの母親はKにふるえる手をさし出し、Kを隣に座らせた。苦しそうに話したので、理解するのに苦労したが、彼女が言ったことは
『城』

「え、ここで終わりなの？」。そう思ったかもしれませんね。カフカ最後の長編小説である『城』は、結局完成には至りませんでした。残されている手書き原稿では、文の途中で中断した状態になっています。ゲルステッカーは物語序盤に登場し、Kを橇に乗せて宿まで送った御者です。その彼がKを自宅に連れて行き、母親が何かを語ったところで物語は

途切れています。いったい何を話したのでしょうか。気になりますが、その答えは永遠に謎のままです。

昔の翻訳を読んだことがある方は、「こんな結末じゃなかった」と思われるかもしれません。カフカの作品の多くは、カフカの死後、親友のマックス・ブロートが編集して出版しました。そのためブロート版の全集では、彼の判断で省かれた箇所があります。ブロート版では、「明日新しい服が手に入るの。あなたを呼びにやるかもしれない」という紳士亭の女将の台詞で終わっています。この後ゲルステッカーがKを引っ張って自宅まで連れて行くわけですが、そこでは何の進展もないため、ブロートは直前の場面で区切ったのでしょう。

ゲルステッカーの母親の話と同じように、女将の服の話の続きも気になりますね。未完の『城』には、続きが描かれていない話や実現しなかった約束がいくつかあります。Kが学校でハンス少年と交わす「明後日の夜に母親と会う」という約束もそのひとつです。Kがハンスと話したのはKが到着してから五日目なので、約束の日は七日目の夜ということになります。ハンスの母親は「城から来た娘」を名乗っているだけに、この約束のその後も大変気になるところですが、七日目の出来事が描かれることはありませんでした。

ところで『城』は何日間の物語だと思いますか？　『城』は日数の経過がはっきりとわかるように書かれていますので、ぜひ数えながら読んでみてください。第三章「フリーダ」の最後に「Kがこの村に滞在してから四日目だった」という記述があります。ちなみに三日目のKは、ほぼ丸一日寝ています。ここまでは村人との長い会話もなく、眠りの場面も多いので、時間経過が早くなります。第四章以降、橋亭の女将、村長、オルガ、ペーピといった村人たちとの長い長い会話が増えていくので、物語の中の時間の進み方は遅くなります。例えば五日目の出来事は、小説の第十一章から第二十三章に及ぶのです！　Kがビュルゲルの話を聞いているうちに眠り込むのも当然ですね。カフカが執筆を中断したゲルステッカーの自宅場面は六日目にあたります。

『城』は未完の小説ではありますが、二十世紀以降の世界中の読者を魅了し、作家・芸術家たちに大きな影響を与えてきました。Kがたどり着けない謎めいた城は様々に解釈され、人智の及ばない神の恩寵だと捉える人もいれば、腐敗した官僚組織の象徴だと捉える人もいます。どう解釈するのであれ、城は決して近づくことのできない何かとして描かれています。そうである以上、この物語は主人公が死ぬか、その何かに近づこうと奮闘する様子を延々と描き続けるしかなく、作品が未完に終わったのも必然といえるかもしれません。

ちなみにブロートは、カフカから聞いたという結末の構想も伝えています。「Kは戦い続けるが、最後には疲労困憊して死んでしまう。そこに村人たちが集まってきて、城からの決定が届く。村に住みたいというKの要求は通らないけれども、事情を考慮して、村で生活し働くことは許される」というものです。『城』が完成したとして本当にこの結末になったのかどうかは誰にもわからないことですが、カフカらしい結末という気はしますね。カフカはあるときノートにこんな言葉を書き留めています。「救世主はやって来るだろう、もはや必要でなくなったときに」。

*

年譜

年	生涯・主要作品・著作
一八八三（誕生）	七月三日、チェコ系ユダヤ人ヘルマン・カフカ（一八五二―一九三一）とドイツ系ユダヤ人ユーリエ（旧姓レーヴィ、一八五六―一九三四）の第一子として、プラハ（当時はオーストリア＝ハンガリー帝国の属領ボヘミア王国の首都）に生まれる。父のヘルマンは手芸装身具店を経営していた。
一八八五（二歳）	弟ゲオルク誕生（八六年没）。
一八八七（四歳）	弟ハインリヒ誕生（八八年没）。
一八八九（六歳）	九月、フライシュマルクトにあるドイツ系小学校に入学、同級生にフーゴー・ベルクマン（哲学者でシオニスト）。妹エリ（ガブリエーレ）誕生。
一八九〇（七歳）	妹ヴァリ（ヴァレーリエ）誕生。
一八九二（九歳）	妹オットラ（オッティーリエ）誕生。

一八九三（一〇歳）　九月、プラハ旧市街キンスキー宮殿《パレ》の中にあるドイツ系中高等学校《ギムナジウム》に入学、同級生にベルクマン、オスカー・ポラック（美術史家）。

一八九六（一三歳）　六月一三日、ユダヤ教の堅信礼（成人式にあたる）。

一八九九（一六歳）　社会主義に熱狂。ポラックと親しくなる。教師の影響でチャールズ・ダーウィンを読む。

一九〇〇（一七歳）　七月、モラヴィアのトリーシュに住む叔父で医者のジークフリート・レーヴィのもとで過ごす。

一九〇一（一八歳）　中高等学校卒業試験《アビトゥーア》に合格。夏、北海地方のヘルゴラント島とノルダーナイ島へ旅行。一〇月、プラハのドイツ系カール・フェルディナント大学に入学。最初、ベルクマンとともに化学を専攻したが、二週間後に法学に変更。しかし、また文学に専攻を変え、美術史、哲学を学ぶ。

一九〇二（一九歳）　夏学期に美術史、ドイツ文学の講義、またブレンターノ学派のマルティ教授の講義を聴く。冬学期からミュンヘン大学でドイツ文学を専攻する計画を立てるが、結局プラハで法学を専攻。一〇月二三日、マックス・ブロートとの生涯にわたる親交が始まる。カフカは、ブロートが講演で批判したニーチェを擁護。

一九〇三（二〇歳）　一月、ポラックを通じてブレンターノ学派の会合に参加。八月、ドレスデン近郊の自然療法サナトリウムへ行く。このころ、ブロートを通じてフェーリクス・ヴェルチュ（シオニストで哲学者）と知り合う。

一九〇四（二一歳）　ポラックとの交友終わる。夏か秋、現存する最初の作品である『ある戦いの記述』（A稿）

を執筆。秋、ブロートを通じて盲目の作家オスカー・バウムと知り合う。カフカ、ブロート、ヴェルチュ、バウムは定期的に集まり、議論したり作品を朗読し合ったりした。

一九〇五（二二歳）　夏、シレジアのツックマンテルにあるサナトリウムに滞在、同地で年上の既婚女性と恋愛。『田舎の婚礼準備』（A稿）に着手するが、試験勉強が忙しくなる。一一月、最初の口述試験に合格。

一九〇六（二三歳）　三月、二回目の口述試験に合格し、四月から九月まで、叔父リヒャルト・レーヴィの弁護士事務所で研修。六月、最後の口述試験に合格し、法学博士号を取得。夏、再びツックマンテルのサナトリウムに滞在。一〇月から一年間の司法実習（翌年九月まで）。

一九〇七（二四歳）　春か夏、『ある戦いの記述』（A稿）が成立。八月、トリーシュのジークフリート叔父のもとで過ごし、ヘートヴィヒ・ヴァイラーという娘と知り合う。一〇月から民間の一般保険会社《アスィクラツィオーニ・ゲネラーリ》に見習いとして就職。

一九〇八（二五歳）　三月、文芸誌「ヒュペーリオン」に散文作品八篇が『観察』というタイトルで掲載される（I『商人』、II『ぼんやりと外を眺める』、III『帰路』、IV『走り過ぎていく者たち』、V『衣服』、VI『乗客』、VII『拒絶』、VIII『木々』）。これが活字となった最初の作品。七月三〇日、執筆時間を確保するために一般保険会社をやめて、半官半民の労働者災害保険局の臨時職員となる（午前八時から午後二時までの勤務）。この年の末か翌年の初め、フランツ・ヴェルフェルと知り合う。

一九〇九（二六歳）　一月、ヘートヴィヒに彼女からの手紙をすべて送り返す。初夏、日記（創作ノートともなった）をつけ始める。六月、「ヒュペーリオン」三・四月号に『祈る人との対話』と『酔っぱらいとの対話』を発表。夏、『田舎の婚礼準備』（B稿とC稿）が成立。夏か秋、『ある戦いの記述』（B

稿）を書き始める（一一年夏まで）。九月、ブロート兄弟と北イタリアのガルダ湖畔リーヴァへ旅行。ブレシアにも行き、飛行機ショーを見物。プラハの新聞「ボヘミア」紙にエッセイ『ブレシアの飛行機』を発表。日本の軽業師の公演を見る。翌年にかけて馬術を習う。

一九一〇（二七歳）　三月、「ボヘミア」紙に『観察』というタイトルでまとめた五篇の小品を掲載（『窓辺で』＝『ぼんやりと外を眺める』、『夜に』＝『走り過ぎていく者たち』、『衣服』、『乗客』、『アマチュア騎手のための考察』）。五月一日、労働者災害保険局の正規職員となる。一〇月、ブロート兄弟と、パリへ休暇旅行。一二月、妹エリが結婚。一二月、ベルリンに一週間滞在。

一九一一（二八歳）　一月から二月、北ボヘミアのフリートラントへ出張。三月、人智学の創始者ルドルフ・シュタイナーの講演を聞き、文学的習作を彼に送る。五月、アインシュタインの相対性理論の講演を聞く。八月末から九月、ブロートと北イタリアやパリへ旅行、引き続き、単身でチューリッヒ近郊のエアレンバッハのサナトリウムに滞在。東ユダヤ人のイディッシュ語劇団（九月から翌年一月までプラハに滞在）の公演をしばしば訪れる。同劇団の俳優で主宰者のイツハク・レーヴィと親交を深める。ユダヤ民族とシオニズムへの関心強まる。冬に、『失踪者』の第一稿が書かれるが、のちに破棄。

一九一二（二九歳）　一月一日、アスベスト工場の公式な設立日。工場の責任者は妹エリの夫カール・ヘルマンで、カフカも共同経営者として資本参加した。六月から七月、ブロートとライプツィヒを経てワイマールへ休暇旅行。六月三〇日、ワイマールのゲーテハウスを見学。七月、ハルツ山地のユングボルン自然療法サナトリウムに滞在。八月一三日、ブロート宅でベルリンから来た職業婦人フェリーツェ・バウアーと出会う。九月二〇日、バウアーに最初の手紙を書く（一七年までに五〇〇通以上の手紙や葉書が送られた）。九月二二日から二三日にかけて『判決』成立。二六日の晩（推定）から、長編『失踪者』第二稿の執筆開始。一一月一七日から一二月六日、『変身』執筆。一二月四日、プラハ・ヘルダー協会の作家の夕べで『判決』を朗読（公の場での初めての朗読）。最初の短編集『観察』をエルンスト・ローヴォルト社より出版。

一九一三（三〇歳）

一月、妹ヴァリが結婚。ユダヤ系の思想家マルティン・ブーバーに会う。二四日、『失踪者』の執筆を当面中断する。二月、ブロートが結婚。三月、労働者災害保険局で副書記に昇進。復活祭の休暇に、ベルリンにバウアーを初めて訪ねる。五月、聖霊降臨祭でバウアーを訪問、家族を紹介される。ブロート編集の年鑑「アルカディア」に『判決』が掲載される。『失踪者』草稿の第一章が、『火夫——ある断章——』というタイトルで、独立した短編としてクルト・ヴォルフ社より出版される。八月、キェルケゴールの日記を読む。九月、ウィーン出張。その後、トリエステ、ヴェネツィア、ヴェローナを経てリーヴァへ。リーヴァのサナトリウムでスイス人女性と親しくなる。一〇月末、プラハでバウアーの女友達グレーテ・ブロッホと会う。

一九一四（三一歳）

五月末、バウアーとの婚約式のため父と共にベルリンへ旅行。六月一日、バウアーと婚約。七月一二日、ベルリンのホテル「アスカーニッシャー・ホーフ」でバウアーと話し合い、婚約を解消。その後、リューベック、バルト海へ旅行。八月一一日ごろ、長編『訴訟（審判）』執筆開始。一〇月五日から一八日までの休暇中、『流刑地にて』成立、また、『失踪者』の「オクラホマの劇場」の章が書かれる。

一九一五（三二歳）

一月二〇日、『訴訟』執筆を中止。バウアーと再会する。二月、ビーレクガッセに部屋を借り、初めて両親と離れて住む。三月、ランゲガッセの黄金カワカマス《ツム・ゴルデネン・ヘヒト》館に移る。四月、ハンガリー旅行。五月から七月にかけて二度バウアーと会う。夏、北ボヘミアのルムブルク近郊のサナトリウムで休養。一〇月、『変身』が月刊誌「ヴァイセン・ブレッター」に掲載される。フォンターネ賞を受賞したカール・シュテルンハイムが、その賞金をカフカに譲る。一二月初め、『変身』をクルト・ヴォルフ社より出版。

一九一六（三三歳）　七月、バウアーとマリーエンバートで共同生活を試みる。一〇月か一一月、『判決』がクルト・ヴォルフ社より出版される。一一月一〇日、バウアーとミュンヘンへ行き、「新しい文学のための夕べ」の朗読会で『流刑地にて』を朗読。一一月末から、妹オットラが借りていた、プラハ城敷地内にある錬金術師小路（黄金小路）の部屋に通い執筆するようになる（翌年四月まで）。ここで短編集『田舎医者』を構成する一連の作品が書かれる。

一九一七（三四歳）　五月ごろ（推定）、ヘブライ語を学び始める。七月、バウアーと二度目の婚約。八月、最初の喀血。再び両親のもとで暮らし始める。九月、肺結核の恐れありと診断され、北ボヘミアのツューラウに住む妹オットラの小さな農場で療養する。クリスマスにプラハでバウアーとの婚約が再び解消される。

一九一八（三五歳）　四月末、ツューラウからプラハに戻り、職務に復帰。九月、休養のためトゥルナウに滞在。一〇月から一一月、重いスペイン風邪にかかる。一一月末から一二月、シレジアで休養。

一九一九（三六歳）　一月下旬から三月末まで、療養のためシレジアを再度訪問、チェコのユダヤ人職人の娘、ユーリエ・ヴォホリゼクと知り合う。四月、職場復帰。保険局の同僚の息子グスタフ・ヤノーホと知り合う。九月、ヴォホリゼクと婚約。一〇月末、『流刑地にて』をクルト・ヴォルフ社より出版。一一月半ば、シレジアに行き、長大な『父への手紙』（批判版全集で七五頁に及ぶ）を書くが、父親には渡されなかった。

一九二〇（三七歳）　一月、保険局で正書記に昇進。六日、いわゆる『彼――アフォリズム』を日記に書き始める（二月二九日まで）。二月か三月、ウィーンに住むチェコ人ジャーナリストで翻訳家のミレナ・イェセンスカーと知り合う。四月の終わりか五月の初め、短編集『田舎医者』をクルト・ヴォルフ社より出版。四月から三か月間、南チロルの保養地メラーンに滞在、イェセンスカーとの頻繁な手紙の交換。六月末から七月初めにかけてウィーンでイェセンスカーと会う。プラハに戻り、ヴォホリゼクとの婚約を解消。七月、妹オットラ結婚。八月半ば、プラハとウィーンの中間にある国境の町グミュントで、イェセンスカーと再度会う。九月から一一月にかけて、『却下』、『掟の問題』、『ポセイドン』、『都市の紋章』、『ハゲタカ』、『こま』など多くの小品を書く。一二月、スロバキアのタートラ山地のマトリアリィにある結核療養所に出発（翌年八月まで）。

一九二一（三八歳）　一月初め、イェセンスカーにもう手紙を書いてこないよう頼む。二月、医学生ローベルト・クロップシュトックとの親交始まる。八月末、プラハで職場復帰。一〇月、イェセンスカーにこれまでの日記と『失踪者』の原稿をゆだねる。一〇月末から病気休暇を取得（翌年一月末まで）。

一九二二（三九歳）　一月、休暇が四月末まで延長される。リーゼンゲビルゲ山地（ズデーテン地方）のシュピンデルミューレで療養。一月下旬から長編『城』を書き始める。二月、保険局で上級書記に昇進。五月、引き続き五週間の休暇が認められる。五月二三日ごろ、『断食芸人』成立。六月、南ボヘミアのプラナーにあるオットラの夏の家に移る（九月まで）。七月一日、結核の悪化のため労働者災害保険局を退職、年金生活に入る。八月下旬、『城』の執筆を中止。九月一八日、プラハに戻り、『ある犬の探究』を書く（一〇月末ごろまで）。一〇月、「ノイエ・

ルントシャウ」誌に『断食芸人』が掲載される。一一月二九日付けのブロート宛の出されなかった手紙（カフカの「遺書」として知られる）で、自分の死後、『判決』、『火夫』、『変身』、『流刑地にて』、『田舎医者』（短編集）、『断食芸人』以外はすべて焼却するように指示。

一九二三（四〇歳）
四月から五月、パレスチナに移住していたベルクマンがプラハを訪問。カフカは何度も彼に会い、自身も移住を計画（八月に断念）。七月、妹エリとその子どもたちとともにバルト海岸ミューリッツに滞在、ポーランド生まれのユダヤ人女性ドーラ・ディアマントと知り合う。ディアマントはベルリンのユダヤ民族ホームの子どもたちを連れて臨海学校に来ていた。夏、シレジアにオットラを訪ねる。九月二四日から、ディアマントとベルリンで暮らす（翌年三月一七日まで）。一一月末から一二月末まで『巣穴』執筆。

一九二四（没）
三月、容態が悪化し、迎えに来たブロートとディアマントに付き添われてプラハに帰る。三月半ばから四月初め、『歌姫ヨゼフィーネあるいはねずみ族』を執筆。四月五日、オーストリア東部オルトマンのサナトリウムへ。喉頭結核と診断される。ウィーン大学病院を経て、一九日、ディアマントとともにウィーンの隣町クロスターノイブルクのキーアリングにあるサナトリウムへ移る。二〇日、『歌姫ヨゼフィーネあるいはねずみ族』が「プラハ新聞」に掲載される。五月、クロップシュトックが来て治療に加わる。オットラ、叔父ジークフリート・レーヴィ、ブロートが見舞う。ディアマントの父から、娘との結婚に同意しない旨の手紙を受け取る。六月二日、最後の短編集『断食芸人――四つの物語――』（『最初の悩み』、『小さな女』、『断食芸人』、『歌姫ヨゼフィーネあるいはねずみ族』を収録）を校正する。三日、同サナトリウムにて死去。一一日、プラハのシュトラシュニッツにあるユダヤ人墓地に埋葬される。

読書案内

ここまで来たみなさんはきっとカフカの作品を読みたくなっているはず。こちらでは、邦訳されているカフカ作品を紹介していきます。絶版になっているものもありますが、書店や図書館などで手に入りやすいものを選んでいます。

全集

「決定版カフカ全集」新潮社、全十二巻
カフカの友人ブロートが編集したカフカ全集の全訳。少し古い訳ですが、カフカの作品が網羅されています。

1『変身・流刑地にて』(川村二郎/円子修平訳)一九八〇年。

2『ある戦いの記録・シナの長城』(前田敬作訳)一九八一年。

3『田舎の婚礼準備・父への手紙』(飛鷹節訳)一九八一年。

4『アメリカ』(千野栄一訳)一九八一年。

5『審判』（中野孝次訳）一九八一年。
6『城』（前田敬作訳）一九八一年。
7『日記』（谷口茂訳）一九八一年。
8『ミレナへの手紙』（辻瑆訳）一九八一年。
9『手紙　1902-1924』（吉田仙太郎訳）一九八一年。
10『フェリーツェへの手紙1』（城山良彦訳）一九八一年。
11『フェリーツェへの手紙2』（城山良彦訳）一九八一年。
12『オットラと家族への手紙』（柏木素子訳）一九八一年。

「カフカ小説全集」白水社、全六巻

カフカ研究者による批判校訂版を底本にしているため、新潮社版とは章立てなどが違っています。池内紀訳で、リズムよく読みやすいのが特徴。

1『失踪者』（池内紀訳）二〇〇〇年。
2『審判』（池内紀訳）二〇〇一年。
3『城』（池内紀訳）二〇〇一年。
4『変身ほか』（池内紀訳）二〇〇一年。
5『万里の長城ほか』（池内紀訳）二〇〇一年。
6『掟の問題ほか』（池内紀訳）二〇〇二年。

「カフカ・コレクション」白水社Uブックス、全八巻

先述のカフカ小説全集の新書版。六巻から八巻に組みなおされて白水社Uブックスに入っています。

『変身』（池内紀訳）二〇〇六年。

『失踪者』（池内紀訳）二〇〇六年。

『審判』（池内紀訳）二〇〇六年。

『城』（池内紀訳）二〇〇六年。

『流刑地にて』（池内紀訳）二〇〇六年。

『断食芸人』（池内紀訳）二〇〇六年。

『ノート1　万里の長城』（池内紀訳）二〇〇六年。

『ノート2　掟の問題』（池内紀訳）二〇〇六年。

選集・短編集

『カフカ短編集』（池内紀編訳）岩波文庫、一九八七年。

『判決』や『田舎医者』、『流刑地にて』に『万里の長城』など、比較的長めの作品が収められています。


『ある流刑地の話』（本野亨一訳）角川文庫、一九六三年。

生前に発表された三つの短編集に加えて、『ある戦いの記録』の一部、『判決』『ある流刑地の話』『ある犬の探求』が収められています。


『カフカ寓話集』（池内紀編訳）岩波文庫、一九九八年。

短編集『田舎医者』や『断食芸人』掲載の短編を中心に、『ポセイドン』や『巣穴』など三十編が収められています。

「カフカ・セレクション」ちくま文庫、全三巻

テーマごとに作品を並べた選集で、中・短編はほぼ網羅されています。ブロートがつけたタイトルを使用せず、無題のものは書き出し部分をタイトル代わりに用いています。

I『時空／認知』（平野嘉彦編訳）二〇〇八年。

II『運動／拘束』（平野嘉彦編、柴田翔訳）二〇〇八年。

III『異形／寓意』（平野嘉彦編、浅井健二郎訳）二〇〇八年。

『カフカ自撰小品集』（吉田仙太郎訳）みすず書房、二〇一〇年。

生前に出版された短編集『観察』『田舎医者』『断食芸人』が収められています。

『ポケットマスターピース01　カフカ』（多和田葉子編）集英社、二〇一五年。

中・短編から『訴訟』のような長編、さらには書簡選まで載っている盛りだくさんな一冊。巻末の資料も充実しています。役人カフカが書いた公文書が載っている点も注目です。

『田舎医者／断食芸人／流刑地で』（丘沢静也訳）光文社古典新訳文庫、二〇二二年。

タイトルにある作品以外にも、『夢』や『歌姫ヨゼフィーネ、またはハツカネズミ族』、さらに初期の短編などが収録されています。

主要作品

ここでは現在手に入れることのできる文庫本を挙げていきます。電子書籍化されているものも多くあるので、気になったものを手に取ってみてください。なかにはちょっと変わり種も。

『変身』*(Die Verwandlung)*

『変身』(高橋義孝訳)新潮文庫、一九五二年。
『変身』(中井正文訳)角川文庫、一九六八年。
『変身・断食芸人』(山下肇、山下萬里訳)岩波文庫、二〇〇四年。
『変身/掟の前で 他2編』(丘沢静也訳)光文社古典新訳文庫、二〇〇七年。
『変身』(川島隆訳)角川文庫、二〇二二年。
『大阪弁で読む〝変身〟』(西田岳峰訳)幻冬舎、二〇二三年。

『アメリカ』・『失踪者』*(Der Verschollene)*

『アメリカ』(中井正文訳)角川文庫、一九七二年。

『審判』・『訴訟』*(Der Proceß)*

『審判』(本野亨一訳)角川文庫、一九五三年。
『審判』(辻瑆訳)岩波文庫、一九六六年。
『審判』(飯吉光夫訳)ちくま文庫、一九九一年。
『訴訟』(丘沢静也訳)光文社古典新訳文庫、二〇〇九年。

『城』*(Das Schloß)*

『城』(原田義人訳)角川文庫、一九六六年。
『城』(前田敬作訳)新潮文庫、一九七一年。

マンガ・絵本・映画など

メディアの違いゆえか、原作とはだいぶ異なるものもあります。特に『変身』はグレゴールをどう描いているのかが注目ポイントです。


『審判』（オーソン・ウェルズ監督）一九六二年。

『階級関係――カフカ「アメリカ」より――』（ダニエル・ユイレ、ジャン＝マリー・ストローブ監督）一九八四年。

『カフカの「城」』（ミヒャエル・ハネケ監督）一九九七年。

『変身』（ワレーリイ・フォーキン監督）二〇〇二年。

『カフカ　田舎医者』（山村浩二監督）二〇〇七年。

『カフカ　田舎医者』（山村浩二文・絵）プチグラパブリッシング、二〇〇七年。

『まんがで読破　変身』（バラエティ・アートワークス企画・漫画）イースト・プレス、二〇〇八年。

『カフカの絵本』（たぐちみちこ文、田口智子絵）小学館、二〇〇九年。

『カフカ CLASSICS IN COMICS』（西岡兄妹構成・作画、池内紀訳）ヴィレッジブックス、二〇一〇年。

『変身』（酒寄進一翻案、牧野良幸画）長崎出版、二〇一二年。

『カフカ童話集　子どもの想像力を豊かにする』（須田諭一編）メトロポリタンプレス、二〇一五年。

『カフカの「城」他三篇』（森泉岳土著）河出書房新社、二〇一五年。

『世界ショートセレクション　雑種』（酒寄進一訳、ヨシタケシンスケ絵）理論社、二〇一八年。

『変身』（須賀原洋行まんが）講談社まんが学術文庫、二〇一九年。

『変身』（クリス・スワントン監督）二〇一九年。

あとがき

フランツ・カフカは一八八三年にプラハで生まれて一九二四年に亡くなった、ユダヤ人のドイツ語作家兼役人です。生前に発表された作品はごくわずか。当時は知る人ぞ知る（つまりほとんど知られていない）作家でしたが、戦後評価されて、いまでは二十世紀の古典とも呼ばれています。そういうわけで、名前だけは聞いたことがあるという人は多いかと思います。が、ここ数年は、カフカ自身にスポットライトが当たることが多くなりました。そのきっかけとなったのが『絶望名人カフカの人生論』（頭木弘樹編訳、飛鳥新社、二〇一一年）です。本だけでなく、テレビドラマ（『カフカの東京絶望日記』毎日放送、二〇一九年）にもなっています。このカフカ、とにかくネガティブ。とにかく生きづらい。でもそんなところが現代でも共感できる人物として描かれています。

われわれカフカ研究会にとっても、これはうれしいことでした。この研究会、名前の通りカフカにとりつかれた人間の集まりです。西日本を中心に活動していて、年に数回集まっては夜な夜な討議しています。カフカ自身ももちろん魅力的ですが、われわれが主に扱うのは彼の作品。ぜひ人物だけではなく、作品も知ってほしい！　それにちょうど没後一〇〇年だし！というわけで、この本が生まれました。

この本の読み方はみなさんにおまかせします。カフカ作品の一節だけを読んでいくのもいいですし、解説をじっくり読んでいってもOKです。ただ、ポンっと出されても意味が分からないのがカフカ作品。「？．？．？．」となったときには、解説に目を通してくださ い。それでも分からない！というとき（多いと思いますが）には、自分なりの読み方を模索してみてください。ここまで読んできたみなさんには、その準備ができているはずです。

なるべくいろいろな作品を取り上げましたが、残念ながら扱えなかった作品もあります。それにここで取り上げたのも作品のごく一部です。ここから先はみなさん次第。この本が作品を手に取るきっかけになりますように。

二〇二四年二月

編著者

カフカ研究会
西日本を中心とした、カフカ研究者の集まり。メンバーは変わりつつも1978年ごろから活動。今では年に2回温泉地に集まって研究会を開く。場所が温泉地なのは、長期休暇のたびにサナトリウムを訪れていたカフカに敬意を表しているからと思われる。基本的にはカフカを通じたゆるい集まりではあるものの、研究会の際には夜中まで議論することも。これまでに『カフカ初期作品論集』(2008)、『カフカ中期作品論集』(2011)、『カフカ後期作品論集』(2016)(いずれも同学社刊)、『カフカの長編小説』(NextPublishing、2021年)などを出版。

執筆者紹介(五十音順)および執筆項目
木田綾子:編著者紹介参照[第1章5/第2章6, 7, 11/第3章9/第5章3]
小松紀子(こまつ・のりこ)奈良女子大学非常勤講師[第2章1, 2, 3, 4, 10/第3章5/第4章1, 7, 8/第5章6]
下薗りさ:編著者紹介参照[第1章9, 11/第2章5, 8, 9, 12/第3章1, 2, 8, 11/第4章3, 4, 9/第5章5, 7]
西嶋義憲(にしじま・よしのり)金沢大学名誉教授[第3章3, 4, 6, 10]
林嵜伸二(はやしざき・しんじ)立命館大学嘱託講師[第1章1, 3, 6, 12]
古川昌文(ふるかわ・まさふみ)広島大学助教[第3章12/第5章2]
村上浩明(むらかみ・ひろあき)長崎外国語大学准教授[第1章13/第5章1, 8]
山尾 涼(やまお・りょう)広島修道大学教授[第1章2, 4, 7, 8, 10/第3章7/第4章2, 5, 6/第5章4]

編著者紹介

下薗りさ（しもぞの・りさ）
駒澤大学総合教育研究部准教授。専門はドイツ文学。
著書：畠山寛・吉中俊貴・岡本和子（編著）『ドイツ文学の道しるべ　ニーベルンゲンから多和田葉子まで』（ミネルヴァ書房、二〇二一年）、林嵜伸二・村上浩明（編著）『カフカの長編小説』（NextPublishing、二〇二一年）など。
何を思ったか心理学専攻から心機一転ドイツ文学の世界へ。とにかく手あたり次第読んでいるときにカフカを読んで、あまりのわけの分からなさに衝撃を受ける。それからカフカを専門的に扱うように。いまだに分かった気になれないのがカフカのすごいところ。

木田綾子（きだ・あやこ）
新居浜工業高等専門学校一般教養科准教授。専門はドイツ文学。
著書：林嵜伸二・村上浩明（編著）『カフカの長編小説』（NextPublishing、二〇二一年）など。
高校生のころ初めて読んだ『変身』の印象は、なんだかゾワゾワするものでした。文学を志して選んだ作家はゲーテですが、あるテーマの延長でカフカに取り組み、期間限定のつもりでカフカ研究会に参加したところ、カフカの魅力にワクワクさせられ、今に至っています。

カフカふかふか
とっておきの名場面集

二〇二四年　三 月三〇日　第一刷発行
二〇二四年　九 月一〇日　第二刷発行

編著者　©　下薗りさ
　　　　　　木田綾子
発行者　岩堀雅己
印刷所　株式会社　三秀舎
発行所　株式会社　白水社

東京都千代田区神田小川町三の二四
電話　営業部〇三（三二九一）七八一一
　　　編集部〇三（三二九一）七八二一
振替　〇〇一九〇-五-三三二二八
郵便番号　一〇一-〇〇五二
www.hakusuisha.co.jp
乱丁・落丁本は、送料小社負担にてお取り替えいたします。

加瀬製本

ISBN978-4-560-09280-4
Printed in Japan